Os monólogos da vagina

Eve Ensler

Os monólogos da vagina

Tradução: Ana Guadalupe

GLOBOLIVROS

Copyright © 2018 by Editora Globo S.A. para a presente edição
Copyright © 1998, 2008, 2018 by Eve Ensler

Esta tradução foi publicada em acordo com a Ballantine Books, um selo da Random House, uma divisão da Penguin Random House LLC.

Todos os direitos reservados. Nenhuma parte desta edição pode ser utilizada ou reproduzida — em qualquer meio ou forma, seja mecânico ou eletrônico, fotocópia, gravação etc. — nem apropriada ou estocada em sistema de banco de dados sem a expressa autorização da editora.

Texto fixado conforme as regras do Acordo Ortográfico da Língua Portuguesa (Decreto Legislativo nº 54, de 1995).

Título original: *The Vagina Monologues*

Editora responsável: Amanda Orlando
Assistente editorial: Lara Berruezo
Preparação de texto: Jane Pessoa
Revisão: Denise Schittine
Diagramação: Crayon Editorial
Capa: Estúdio Insólito

1ª edição, 2018

CIP-BRASIL. CATALOGAÇÃO NA PUBLICAÇÃO
SINDICATO NACIONAL DOS EDITORES DE LIVROS, RJ

E52m

Ensler, Eve, 1953-
   Os monólogos da vagina / Eve Ensler ; tradução Ana Guadalupe. –
1. ed. – Rio de Janeiro : Globo Livros, 2018.
   208 p. ; 21 cm.

Tradução de: The vagina monologues
ISBN 9788525065919

1. Teatro americano (Literatura). I. Guadalupe, Ana. II. Título.

18-49688
CDD: 812
CDU: 82-2(73)

Meri Gleice Rodrigues de Souza – Bibliotecária CRB-7/6439

Direitos exclusivos de edição em língua portuguesa
para o Brasil adquiridos por Editora Globo S.A.
Rua Marquês de Pombal, 25
20230-240 — Rio de Janeiro — RJ
www.globolivros.com.br

*A todas as mulheres
que mudam o mundo
a cada gemido.*

Sumário

Preâmbulo..................................9
Introdução à edição de 20º aniversário................11
Prefácio.......................................15

Os monólogos da vagina........................21

Os monólogos spotlight.........................89

V-Day.......................................147

Posfácio......................................191
Agradecimentos à edição do 20º aniversário..........205

Preâmbulo

Jacqueline Woodson

Tão necessário naquela época... este livro.

Tão necessário. Agora... este livro.

Tem uma música gospel que começa assim: "Há um bálsamo em Gileade que cura os feridos. Há um bálsamo em Gileade que liberta a alma dos pecados". Para tantas de nós, que crescemos nos anos 1950, 60, 70 e 80, não havia bálsamo nenhum. Andávamos pelo mundo com nossos corpos invadidos por uma sensação de vergonha por termos simplesmente nascido com vaginas e seios, quadris e coxas. Não fazíamos a mínima ideia do tamanho dessa vergonha — onde tinha começado e por que cargas-d'água a tínhamos conhecido. O movimento feminista não tinha enfim mudado o mundo para as mulheres? Não havíamos nos reconectado aos nossos corpos, a nós mesmas, e seguido em frente?

Talvez. Mas...

Na primeira vez em que li *Os monólogos da vagina*, eu tinha trinta e poucos e era mãe de primeira viagem de uma bebê. No papel, como já tinha acontecido havia alguns anos no palco, *Os monólogos* me fez rir, chorar, improvisar uma dancinha. Mas dessa vez tinha alguma coisa a mais — também me fizeram pensar no meu passado e no futuro da minha filha. Lendo *Os monólogos*, percebi que o que havia ficado de fora das nossas vidas eram a conversa e a celebração, a celebração escancarada da nossa vagina e menstruação, nossos peitos, bundas e coxas. Entendi que essa conversa e essa celebração fariam parte da vida da minha própria filha — e das vidas de tantos jovens que eu ajudaria a educar.

"Há um bálsamo em Gileade que cura os feridos."

A primeira vez que minha menstruação desceu, consegui mandá-la embora só com a força do pensamento — e deu certo por mais de um ano. Na infância só conheci aquilo pelo nome de "maldição", e de fato me senti amaldiçoada quando de repente precisei lidar com aquele sangramento, com meu corpo e suas mudanças, que eram tão visíveis para o mundo. Uma geração depois, minha filha, quando ficou menstruada, gritou: "Liga para as tias! A gente precisa comemorar!".

Vamos continuar essa conversa e essa comemoração!

Introdução à edição de 20º aniversário

Eve Ensler

A primeira vez que apresentei *Os monólogos da vagina*, tinha certeza de que alguém ia me dar um tiro. Por incrível que pareça, naquela época, vinte anos atrás, ninguém dizia a palavra *vagina*. Nem nas escolas. Nem na TV. Não, nem no ginecologista. Quando as mães davam banho nas filhas, chamavam a vagina de *perereca*, *periquita* ou "ali embaixo". Então, quando subi ao palco de um teatro minúsculo no centro de Manhattan para declamar os monólogos que tinha escrito sobre a vagina — depois de entrevistar mais de duzentas mulheres —, a sensação foi de começar a romper uma barreira invisível e abrir uma brecha num tabu muito profundo.

Mas ninguém me deu um tiro. Ao fim de cada apresentação de *Os monólogos da vagina*, mulheres faziam filas enormes para falar comigo. De início, pensei que queriam contar histórias de desejo e satisfação sexual — temas que eram foco de boa parte da peça. Mas elas entravam na fila para me contar, ansiosas, como e quando tinham sido estupradas, atacadas, violentadas, molestadas. Fiquei em choque ao ver que, assim que o tabu se quebrava, abria-se caminho para uma onda de memórias, raiva e mágoa.

E aí aconteceu uma coisa que nunca imaginei. A peça foi acolhida por mulheres do mundo inteiro, mulheres que queriam romper com o silêncio sobre seus corpos e suas vidas em suas comunidades.

Memória um. Oklahoma, o próprio cerne do coração republicano. Um galpãozinho apertado. Na segunda noite, a peça tinha caído no boca a boca e faltavam assentos para tantas pessoas, então algumas começaram a trazer cadeiras de praia. Estou me apresentando debaixo de uma só lâmpada e nada mais. No meio de um dos monólogos, vejo uma agitação na plateia. Uma moça tinha desmaiado. Paro a peça no meio. O público cuida da moça, as pessoas a abanam e trazem água. Ela se levanta e proclama aquilo que a peça a tinha empoderado a dizer pela primeira vez: "Fui estuprada pelo meu padrasto". A plateia a abraça e a aconchega, e ela chora. Então, atendendo ao pedido dela, continuo o espetáculo.

Memória dois. Islamabad, Paquistão. A peça foi proibida, então vou a uma produção clandestina de *Os monólogos da vagina* na qual atores paquistaneses muito corajosos apresentam o texto em segredo. Mulheres que vieram do Afeganistão talibã e fizeram uma longa viagem estão na plateia. Os homens não têm permissão para se sentar no mesmo espaço, então ficam lá no fundo, atrás de uma cortina branca. Durante a performance, as mulheres choram e riem tão alto que seus véus islâmicos caem.

Memória três. Mostar, Bósnia. Há uma performance em comemoração à restauração da ponte Mostar, que havia sido destruída na guerra. A audiência é composta tanto de croatas quanto de bósnios, pessoas que havia tão pouco tempo estavam se matando, e há tensão e incerteza no ar. Mulheres leem um monólogo sobre mulheres vítimas de estupro na Bósnia. O público chora, suspira, grita. As atrizes fazem uma pausa. As pessoas da plateia confortam umas às outras, se abraçam e choram juntas — croatas abraçando bósnios e vice-versa. A peça acaba.

Memória quatro. Lansing, Michigan. A deputada estadual Lisa Brown é repreendida e silenciada pela Assembleia Legislativa por usar a palavra *vagina* ao se manifestar contra um projeto de lei que limitaria o acesso ao aborto. Os membros lhe dizem que essa palavra não é permitida. Dois dias depois, pego um avião para Lansing e me junto a Lisa e dez mulheres congressistas para uma performance emergencial de *Os monólogos da vagina* na escadaria da Assembleia. Quase 5 mil mulheres comparecem, exigindo que as partes dos nossos corpos sejam nomeadas e reconhecidas por nossas instituições democráticas. O tabu se quebra. Temos voz e somos vistas.

Logo depois da estreia da peça, com outro grupo de feministas, ajudei a fundar um movimento chamado V-Day, para apoiar todas as mulheres (cisgênero, transgênero e não binárias, de todas as cores) que travam essas lutas ao redor do mundo. Desde então as ativistas do V-Day, por meio de suas produções d'*Os monólogos*, já arrecadaram mais de 100 milhões de dólares, que são usados para pagar as despesas de centros de apoio e abrigos para sobreviventes de estupro e violência, financiar centrais de denúncias telefônicas e enfrentar a cultura do estupro.

E agora, vinte anos depois, o que mais quero é poder dizer que as feministas radicais antirracistas venceram. Mas o patriarcado, assim como a supremacia branca, é um vírus recorrente. Vive incubado na sociedade e é ativado por comportamentos tóxicos e predatórios. Nos Estados Unidos, sob o comando de um predador abertamente racista e misógino, não há dúvida de que vivemos uma epidemia gravíssima. Enquanto a cura não vem, nosso papel é criar um espaço de hiper-resistência para reforçar nossa imunidade e nossa coragem, e assim impedir novas epidemias. Tudo começa onde *Os monólogos da vagina* e tantos outros atos de resistência feminista radical começam — por meio da fala. Quando falamos sobre o que vemos. Quando nos recusamos ser silenciadas.

Tentaram nos impedir até de dizer o nome de uma das mais incríveis partes do nosso corpo. Mas aprendi o seguinte: se uma coisa não é nomeada, essa coisa não é vista e não existe. Agora, mais do que nunca, é hora de contar histórias decisivas e dizer o que precisa ser dito, seja "vagina", "meu padrasto me estuprou" ou "o presidente é um predador racista".

Quando você rompe o silêncio, descobre quantas outras pessoas viviam esperando uma permissão para fazer o mesmo. Nós — todos os tipos de mulheres, cada uma de nós, e nossas vaginas — nunca mais seremos silenciadas.

Prefácio

"Vagina." Pronto, falei. "Vagina" — falei de novo. Tenho falado essa palavra sem parar nos últimos três anos. Falo em teatros, em faculdades, na casa das pessoas, em cafés, em eventos, em programas de rádio no país inteiro. Falaria mais vezes na TV se alguém deixasse. Falo essa palavra 128 vezes em cada uma das noites em que apresento minha peça, *Os monólogos da vagina*, que foi escrita com base em entrevistas feitas com um grupo diverso de mais de duzentas mulheres falando sobre suas vaginas. Falo essa palavra dormindo. Falo porque não devia falar. Falo porque é uma palavra invisível — uma palavra que causa ansiedade, constrangimento, desprezo e nojo.

Falo porque acredito que aquilo que não é dito não é visto, reconhecido ou lembrado. O que não falamos se torna um segredo, e segredos quase sempre criam vergonha, medo e mitos. Falo porque um dia quero me sentir confortável falando, e não envergonhada ou culpada.

Falo porque ainda não arranjamos uma palavra mais inclusiva, que realmente descreva toda essa região e seus detalhes. *Buceta* talvez até seja uma palavra melhor, mas traz um peso inevitável. E, além do mais, acho que quase nenhuma mulher tem uma ideia clara do que estamos falando quando dizemos "buceta". *Vulva* é uma boa palavra, mais específica, mas acho que muitas de nós não têm certeza do que constitui a vulva.

Falo "vagina" porque, quando comecei a falar, descobri que vivia fragmentada, com o corpo e a mente desconectados. Minha vagina era uma coisa que ficava lá, a uma longa distância de mim. Eu quase nunca morava lá, e raramente dava uma passadinha. Estava ocupada trabalhando e escrevendo, sendo mãe e amiga. Não via minha vagina como uma fonte primária, um espaço de sustento, humor e criatividade. Ali era um lugar perigoso, cheio de medo. Sofri abuso sexual na infância, e embora tivesse crescido e feito todas as coisas que uma pessoa adulta faz com sua vagina, nunca tinha de fato voltado a essa parte do meu corpo depois do estupro. Havia passado quase toda a minha vida sem o meu motor, meu centro, meu segundo coração.

Falo "vagina" porque quero que as pessoas reajam, e elas reagiram. Tentaram censurar a palavra onde quer que houvesse uma apresentação de *Os monólogos da vagina* e em todos os meios de comunicação possíveis: em anúncios nos grandes jornais, em ingressos vendidos em lojas de departamento, em cartazes pendurados na fachada dos teatros e nas bilheterias em que a voz vinda do outro lado do guichê só diz "Monólogos" ou "Monólogos da V.".

"Pra que tudo isso?", eu pergunto. "*Vagina* não é uma palavra pornográfica; na verdade é um termo médico, um termo que se refere a uma parte do corpo, tipo *cotovelo, mão, costela.*"

"Pode até não ser pornográfica", as pessoas dizem, "mas é uma palavra chula. E se as nossas filhas pequenas ouvissem, o que diríamos?"

"De repente você poderia contar que elas têm uma vagina", eu digo. "Se é que elas ainda não sabem. De repente seria ótimo."

"Mas não chamamos a vagina delas de *vagina*", elas dizem.

"Chamam de quê?", pergunto.

E me dizem: "pererera", "pexereca", "periquita", "pipinha"... e a lista continua até não acabar mais.

Falo "vagina" porque li as estatísticas, e coisas horríveis acontecem com a vagina das mulheres no mundo inteiro: todo ano, 500 mil mulheres são estupradas nos Estados Unidos, 100 milhões de mulheres sofrem mutilação genital ao redor do mundo, e a lista, mais uma vez, continua até não acabar mais. Falo "vagina" porque quero que essas coisas parem de acontecer. Sei que não vão parar enquanto não admitirmos que acontecem, e o único jeito de garantir que isso ocorra é permitir que mulheres falem sem medo de punição ou vingança.

Falar essa palavra é assustador. *Vagina*. No começo parece que você trombou com uma parede invisível. *Vagina*. Você se sente culpada e perdida, parece que alguém vai te jogar no chão. Depois, quando pronuncia a palavra pela centésima ou milésima vez, você percebe que ela é *sua*, o corpo é *seu*, esse lugar tão fundamental é *seu*. De repente percebe que toda aquela vergonha e todo o constrangimento que sentia também eram formas de silenciar o seu desejo e erodir sua ambição.

Aí você começa a falar essa palavra cada vez mais. Começa a falar com uma espécie de paixão, uma espécie de urgência, porque sente que, se parar de falar, o medo vai ganhar de novo e você vai voltar a ser aquela voz baixinha, acanhada. Então você fala sempre que pode, encaixa a palavra em toda e qualquer conversa.

Você fica animada por causa da sua vagina; quer estudá-la, explorá-la e chamá-la para te conhecer, e descobrir como escutá-la e lhe dar prazer e deixá-la saudável, sábia e forte. Você aprende o que fazer para se satisfazer e como ensinar seu parceiro a fazer o mesmo.

Você toma consciência da sua vagina o dia inteiro, onde quer que esteja — no carro, no supermercado, na academia, no trabalho. Vive consciente da existência dessa parte de você que é preciosa, linda, capaz de gerar a vida, que fica no meio das suas pernas, e você sorri pensando nisso; sente orgulho.

E quando cada vez mais mulheres falam essa palavra, ela deixa de ser essa polêmica toda; se torna parte da nossa linguagem, parte das nossas vidas. Nossas vaginas se tornam integradas, respeitadas, sagradas. Viram partes do nosso corpo que são conectadas à nossa mente e alimentam nosso espírito. E a vergonha sai de cena e a violação vai embora, porque as vaginas são visíveis e reais, e conectadas a mulheres poderosas, sábias e que falam da vagina.

Temos uma longa jornada pela frente.

Este é só o começo. Aqui é o lugar para pensar sobre

nossas vaginas, para aprender sobre as vaginas das outras mulheres, para ouvir histórias e entrevistas, para responder a perguntas e fazer essas perguntas. Aqui é o lugar para desfazer os mitos, a vergonha e o medo. Aqui é o lugar para começar a treinar a pronúncia dessa palavra, porque, como já sabemos, a palavra é o que nos impulsiona e nos liberta. VAGINA.

Os monólogos da vagina

APOSTO QUE VOCÊ ESTÁ COM MEDO. *Eu* estava com medo. Foi por isso que comecei essa peça. Estava preocupada com as vaginas. Preocupada com o que a gente pensa das vaginas, e mais preocupada ainda com o que a gente não pensa. Fiquei preocupada com a minha própria vagina. Ela precisava de um contexto de outras vaginas — uma comunidade, uma cultura das vaginas. Elas vivem cercadas de tanto mistério, de tanto segredo — tipo o Triângulo das Bermudas. De lá ninguém sai.

Pra começo de conversa, nem achar a sua vagina é fácil. Tem mulheres que passam semanas, meses, às vezes até anos sem olhar para ela. Entrevistei uma executiva no auge da carreira e ela me contou que vivia ocupada demais, que não tinha tempo. Ficar olhando a vagina, ela me disse, equivale a um dia de trabalho. Você tem que deitar de barriga pra cima, de frente para um espelho que fique de pé sem precisar de apoio, de preferência de corpo inteiro. Tem que achar a posição e a luz perfeitas, e sempre acaba fazendo sombra por causa do espelho e do ângulo do corpo. Você fica toda torta. A cabeça toda virada, as costas, aquela calamidade. Mal começa e já fica exausta. Ela me disse que não tinha tempo para essas coisas. Era muito ocupada.

Então resolvi falar com mulheres sobre suas vaginas, fazer entrevistas sobre a vagina, que por sua vez viraram Os *monólogos da vagina*. Falei com mais de duzentas mulheres. Falei com mulheres mais velhas, mais novas, casadas, solteiras, lésbicas, professoras universitárias, atrizes, líderes do mundo corporativo, profissionais do sexo, mulheres afro-americanas, mulheres hispânicas, mulheres asiáticas, mulheres nativo americanas, mulheres caucasianas, mulheres judias. De início, elas ficavam meio relutantes. Um pouco tímidas. Mas, quando começavam a falar, aí não paravam mais. É que, no fundo, as mulheres adoram falar sobre suas vaginas. Ficam superempolgadas, até porque ninguém as tinha perguntado sobre isso antes.

Vamos começar com a palavra *vagina*. No melhor dos cenários parece uma infecção, talvez um instrumento cirúrgico: "Rápido, enfermeira, me traz a vagina". "Vagina." "Vagina." Pode repetir mil vezes, que nunca vai parecer uma palavra que você queira falar. É uma palavra completamente ridícula, o extremo oposto do sexy. Se você resolve usar durante o sexo para ser politicamente correta — "Amor, massageia a minha vagina?" —, acaba com o ato na mesma hora.

Estou preocupada com as vaginas, com o jeito que falamos das vaginas e com o jeito que não falamos.

Em Great Neck, um bairro de Nova York, chamam a vagina de *pussycat* [gatinha]. Uma mulher que mora lá me contou que a mãe dela dizia o seguinte: "Não use calcinha por baixo do pijama, querida, tem que deixar a gatinha respirar". Em Westchester chamam de *pooki* [pexereca]. Em Nova Jersey, de *twat* [xana]. Tem "periquita", "pomba", "perereca", "passarinha" e "aranha", "xoxota", "xereca", "chavasca", "buceta", "buçanha", "pepeca", "racha", "tabaca", "xota", "bacurinha", "gruta do amor", "greta garbo", "capô de fusca", "perseguida", "florzinha", "pipi", "pipinha", "pipica", "pata de camelo", "bichinha", "tcheca". Em Miami é "Connie", na Filadélfia é *split knish* e no Bronx é *schmende*.* Estou preocupada com as vaginas.

---

* *Split knish* é uma espécie de salgado recheado partido ao meio. Já *schmende* é uma variação do termo ídiche *schmundie*, que significa *vagina*. (N. T.)

Pelos

Você não pode amar vagina se odeia pelos. Muita gente odeia pelos. Meu primeiro e único marido odiava pelos. Ele dizia que eram uma coisa suja e bagunçada. Ele me fez raspar a vagina. Ficou gordinha, visível, parecendo de menininha. Ele adorou. Quando a gente transava, o que eu sentia na vagina é o que imagino que os homens sentem na barba. É bom de esfregar, mas dói. Tipo uma picada de mosquito que você coça. Parecia que tinha pegado fogo. Ficou inchada, toda vermelha. Falei que me recusava a raspar de novo. Aí meu marido teve um caso. Quando procuramos uma terapeuta de casal, ele disse que traía porque eu não o satisfazia sexualmente. Eu não raspava a vagina. A terapeuta tinha um sotaque alemão bem forte e soltava uns suspiros no meio das falas para mostrar que tinha empatia. Ela me perguntou por que eu não queria agradar meu marido. Eu disse que achava aquilo estranho. Sentia-me pequena quando não tinha mais pelos lá embaixo, e acabava falando com uma voz de bebê, e a pele ficava irritada de um jeito que nem loção de calamina resolvia. Ela me disse que casamento é compromisso. Perguntei se ele ia parar de me trair se eu raspasse a vagina. Perguntei se ela já tinha visto muitos casos desse tipo. Ela disse que tanta pergunta prejudicava o processo. Eu precisava confiar. Ela achava que já era um bom começo.

Dessa vez, quando chegamos em casa, ele ganhou permissão para raspar minha vagina. Era tipo um bônus da terapia. Ele errou algumas vezes, ficaram umas manchinhas de sangue na banheira. Ele ficou tão feliz me depilando que nem percebeu. Depois, mais tarde, quando meu marido começou a se esfregar em mim, senti cada coisa cortante nele me cutucando, cutucando minha vagina pelada e gordinha. Sem proteção. Sem nada fofinho.

Naquele momento entendi que os pelos existem por um motivo — eles são a folha em volta da flor, a grama em volta da casa. Você precisa amar os pelos para poder amar a vagina. Não dá pra ficar só com uma parte. E, além do mais, meu marido nunca parou de me trair.

Se a sua vagina se vestisse, que roupa ela usaria?

Uma boina.
Uma jaqueta de couro.
Meias de seda.
Um casaco de pele.
Uma echarpe cor-de-rosa.
Um smoking.
Jeans.
Alguma coisa bem justa.
Esmeraldas.
Um vestido longo.
Lantejoulas.
Só Armani.
Uma saia de tule.
Lingerie preta transparente.
Um vestido de festa de tafetá.

Algo fácil de lavar a máquina.
Uma máscara de Carnaval.
Pijama de veludo roxo.
Lã natural.
Um laço vermelho.
Casaco e colar de pérolas.
Um chapéu enorme cheio de flores.
Um chapéu de oncinha.
Um quimono de seda.
Óculos.
Calças de moletom.
Uma tatuagem.
Um acessório que dê choque nos desconhecidos que se aproximarem sem ter permissão.
Salto alto.
Renda *e* coturno.
Penas roxas, gravetos e conchas.
Algodão.
Uma jardineira.
Um biquíni.
Uma capa de chuva.

Se a sua vagina falasse, o que ela diria em apenas duas palavras?

Calma aí.
É você?
Que fome.
Eu quero.
Ai, ai.
Assim, assim.
De novo.
Aqui, ó.
Me chupa.
Nem vem.
Boa ideia.
Assim não.
Vai, continua.
Me pega.
Bora lá.

Não para.
Mais, mais.
Se lembra?
Pode entrar.
Ainda não.
Puta merda.
Isso, isso.
Chega mais.
Eu avisei.
Meu Deus.
Obrigada, Jesus.
Tô esperando.
Vem cá.
Vem cá.
Me encontra.
Muito obrigada.
Bom dia.
Passou longe.
Não desiste.
Cadê o Beto?
Melhor assim.
Isso. Aí.

A enchente

(Judia, com sotaque do Queens)

Lá embaixo? Não desço lá desde 1953. Não, o Eisenhower não teve nada a ver com isso. Não, não, é que é um porão lá embaixo. Tem muita umidade, é uma coisa grudenta. Ninguém quer descer lá. Vai por mim. Você ia acabar ficando doente. É que sufoca. Dá enjoo. Tem cheiro de bolor, de mofo, tudo isso. Nossa! Aquele cheiro não dá. Gruda na roupa.

Não, não teve acidente nenhum lá embaixo. Não explodiu, não pegou fogo, nada dessas coisas. Quer dizer... bom, deixa pra lá. Não. Deixa pra lá. Não posso falar disso com você. O que uma moça inteligente como você quer falar com uma senhora sobre as partes íntimas? A gente não fazia essas coisas quando eu era menina. Quê? Meu Deus, tá bom.

Tinha um menino, o nome dele era Andy Leftkov. Ele era uma gracinha... bom, eu achava. E ele era alto, igual a mim, e eu gostava muito dele. Ele me chamou para um encontro, para dar uma volta de carro...

Não posso falar dessas coisas com você. Não posso falar das coisas lá de baixo. A gente sabe que elas existem e só. Igual ao porão. De vez em quando tem uns barulhos. Dá para ouvir o encanamento, e aí acaba entupindo, entram uns bichinhos, umas coisinhas, e molha tudo, e às vezes tem que vir alguém para dar um jeito no vazamento. Senão, a porta fica fechada o tempo todo. Você acaba esquecendo. Quer dizer, aquilo faz parte da casa, mas o que os olhos não veem o coração não sente. Só que precisa existir, porque toda casa precisa de um porão. Porque é impossível ter espaço no quarto para guardar tanta coisa.

Ah, o Andy, Andy Leftkov. Certo. O Andy era um galã. Um bom partido. Era assim que a gente falava na minha época. Entramos no carro dele, um Chevrolet Bel Air branco, novinho. Lembro que pensei que minhas pernas eram compridas demais para o assento. Tenho pernas compridas. Ficavam batendo no painel. Fiquei olhando para o meu joelho enorme e de repente ele me beijou de surpresa, parecia um beijo dos mocinhos de filme. E eu fiquei animada, tão animada que, bom, inundou tudo lá embaixo. Não consegui controlar. Parecia que uma força da paixão, um rio da vida tinha jorrado de dentro de mim, e atravessou a calcinha e transbordou o estofado do novo Chevrolet Bel Air branco dele. Não era xixi e tinha um cheiro forte... bom, para falar a verdade, não senti cheiro nenhum, mas ele que disse, o Andy, que tinha cheiro de leite azedo e ia manchar o assento do carro. Ele disse que eu era "uma menina fedida e estranha". Eu quis explicar que o beijo tinha me pegado de surpresa, que eu não era sempre desse jeito. Tentei secar o assoalho do carro com o vestido. Era um vestido novo, amarelo de manga bufante, e ficou tão feio manchado com aquela água toda. O Andy me deixou na minha casa e nunca mais tocou no assunto, e eu, quando saí e fechei a porta do carro, também fechei a lojinha. Tranquei a porta. Me aposentei. Até namorei aqui e ali depois dessa história, mas ficava nervosa só de pensar na inundação. Nunca mais cheguei nem perto.

Eu tinha uns sonhos, uns sonhos malucos. Ah, uma bobagem. Por quê? Burt Reynolds. Não sei por quê. Na vida real ele nunca mexeu comigo, mas nos sonhos... era sempre eu e o Burt. Eu e o Burt. Eu e o Burt. A gente saía. Eu e o Burt. Ia num restaurante daquele estilo que tem em Atlantic City, com aqueles lustres e tudo mais, e aquele monte de garçom de uniforme. O Burt me dava um buquê bem pequeno de orquídeas. Eu prendia na lapela do meu blazer. A gente dava risada. A gente não parava de rir. Eu e o Burt. A gente tomava coquetel de camarão. Um camarão enorme, uma maravilha. A gente ria mais um pouco. A gente era muito feliz juntos. Aí ele me olhava nos olhos e me puxava para perto dele no meio do restaurante, e quando estava prestes a me beijar, o salão começava a chacoalhar, saíam pombos voando de debaixo da mesa — não sei como tinham ido parar ali —, e a enchente começava ali mesmo, ali embaixo. Saía de dentro de mim. Jorrava sem parar. Tinha uns peixes no meio, e uns barquinhos, e o restaurante todo ficava cheio d'água, e o Burt ficava mergulhado até os joelhos na minha enchente, com uma cara de quem tinha ficado extremamente decepcionado comigo porque eu tinha feito aquilo de novo, uma cara horrorizada olhando para os amigos, Dean Martin e aquela turma toda, que passavam nadando de paletó e vestido longo.

Não tenho mais esse tipo de sonho. Pelo menos desde que tiraram quase tudo que tivesse a ver com as partes lá debaixo. Arrancaram o útero, as trompas, a coisa toda. O médico quis ser engraçadinho. Disse que quem não usa bem, fica sem. Mas na verdade descobri que era câncer. Não podia sobrar nada em volta. E quem se importa, no fim das contas? Não é? As pessoas exageram. Eu fiz outras coisas. Adoro exposições de cães. Vendo antiguidades.

Que roupa ela usaria? Que pergunta é essa? O que ela usaria? Ela usaria uma placa bem grande:

"Fechada por risco de enchente."

O que ela diria? Eu já disse. Não é assim. Não é igual a uma pessoa que fala. Faz muito tempo que deixou de ser uma coisa que fala. É um lugar. Um lugar aonde ninguém vai. Fica fechado, embaixo da casa. Fica lá embaixo. Tá bom assim? Você me fez falar — conseguiu arrancar tudo isso de mim. Conseguiu fazer uma senhora falar sobre as partes íntimas. Tá melhor agora? [Dá as costas; se vira de novo.]

Sabe, na verdade você é a primeira pessoa com quem falei disso, e me senti um pouco melhor.

Fato da vagina

"Em um julgamento da caça às bruxas em 1593, o advogado de acusação (um homem casado) aparentemente deparou com um clitóris pela primeira vez; [ele] o identificou como um mamilo do diabo, prova cabal de que a bruxa era culpada. Era um 'pequeno amontoado de carne, com aparência protuberante similar à de um mamilo, e um centímetro e meio de comprimento', algo que o carcereiro, 'compreendendo prontamente, decidiu não expor, devido à proximidade de um lugar tão obscuro que sua visão seria indecente. No entanto, um pouco depois, decidido a não esconder tal peculiaridade', ele resolveu mostrá-la a vários dos presentes. Os espectadores nunca tinham visto nada parecido. A bruxa foi condenada."

A enciclopédia de mitos e segredos da mulher

Eu tinha doze anos.
Minha mãe me deu um tapa.

SEGUNDA SÉRIE, SETE ANOS, meu irmão começou a falar de um tal de Chico. Não gostei do jeito que ele riu.
Fui falar com a minha mãe.
— Quem é Chico? — perguntei.
— É um menino — ela disse. — É o apelido dele.
Meu pai me deu um cartão: "Para minha menininha que já não é mais tão menininha".
Entrei em pânico. Minha mãe me mostrou as toalhinhas sanitárias. Tinha que jogar as toalhinhas usadas no lixo debaixo da pia da cozinha.
Lembro que fui uma das últimas. Tinha treze anos.
Todo mundo queria que descesse.
Fiquei tão assustada. Comecei a colocar os absorventes usados em saquinhos de papel pardo e jogava no alçapão escuro debaixo do telhado.
Oitava série. Minha mãe disse: "Ah, que bacana".

No primeiro ano do ensino médio — eram umas gotas marrons antes de descer. Coincidiu com um pouco de pelo debaixo do braço, que crescia desigual: um sovaco tinha pelo, o outro não.

Eu tinha dezesseis anos e um pouco de medo.

Minha mãe me deu codeína. A gente dormia num beliche. Desci e fiquei lá deitada. Minha mãe ficou muito sem graça.

Um dia, cheguei tarde em casa e deitei na cama sem acender a luz. Minha mãe tinha encontrado os absorventes usados e enfiado no meio dos lençóis da minha cama.

Eu tinha doze anos e ainda estava de calcinha e sutiã. Não tinha me vestido. Olhei para baixo na escada. Ali estava.

Olhei para baixo e vi sangue.

Sétima série; minha mãe meio que notou alguma coisa na minha calcinha. Aí ela me deu uma fralda descartável.

Minha mãe foi muito acolhedora: "Vamos buscar um absorvente para você".

Com a minha amiga Marcia foi assim: todo mundo comemorou quando a dela veio. Fizeram até um jantar.

Todas nós queríamos que a menstruação viesse.

Queríamos que viesse *agora*.

Treze anos. Foi antes do Modess existir. Tinha que ficar de olho no vestido. Eu era negra e pobre. Sangue na parte de trás do meu vestido na igreja. Não dava para ver, mas me senti culpada.

Eu tinha dez anos e meio. Não estava preparada. Gosma marrom na calcinha.

Ela me ensinou como fazia para pôr um absorvente interno. Só consegui enfiar até a metade.

Eu associava minha menstruação a fenômenos inexplicáveis.

Minha mãe disse que tinha que usar um paninho. Minha mãe disse que nada de absorvente interno. Não pode colocar qualquer coisa nas partes.

Usava chumaços de algodão. Contei pra minha mãe. Ela me deu bonecas de papel da Elizabeth Taylor, daquelas de recortar.

Quinze anos. Minha mãe disse: "Mazel tov". E me deu um tapa na cara. Não entendi se era bom ou ruim.

Minha menstruação, tipo uma mistura de bolo antes de ir para o forno. As índias ficavam sentadas no musgo por cinco dias. Queria ser índia.

Eu tinha quinze anos e não via a hora. Já era alta e continuei crescendo.

Quando via meninas brancas na academia segurando absorventes internos, pensava que eram vulgares.

Vi gotinhas vermelhas nos azulejos cor-de-rosa. Disse: "Oba".

Minha mãe ficou feliz.

Usei O.B. e gostei de colocar os dedos lá dentro.

Onze anos, calça branca. O sangue apareceu.

Achei horrível.

Não estava preparada.

Fiquei com dor nas costas.

Fiquei com tesão.

Doze anos. Fiquei feliz. Minha amiga tinha uma tábua Ouija e perguntou quando íamos ficar menstruadas, olhou para baixo e viu o sangue.

Olhei para baixo e lá estava.

Virei mulher.

Apavorada.

Nunca pensei que ia acontecer.

Mudou toda a minha relação comigo mesma. Fiquei muito quieta e madura. Uma boa mulher vietnamita... trabalha em silêncio, é virtuosa, nunca abre a boca.

Nove anos e meio. Tive certeza de que ia sangrar até a morte, embolei a calcinha e joguei num canto. Não queria deixar meus pais preocupados.

Minha mãe fez água quente com vinho para mim, e eu dormi.

Estava no meu quarto no apartamento da minha mãe. Tinha uma coleção de gibis. Minha mãe disse: "É melhor você não carregar a caixa de gibis".

Foram minhas amigas que me contaram que a gente tem uma hemorragia por mês.

Minha mãe vivia indo e voltando do hospital psiquiátrico. Não conseguia lidar com a minha puberdade.

"Cara professora Carling, por favor, libere minha filha da aula de educação física. Ela acabou de ficar mocinha."

No acampamento me disseram para não tomar banho se estivesse menstruada. Me limparam com antisséptico.

Tinha medo de que os outros sentissem o cheiro. Medo de que dissessem que tinha cheiro de peixe.

Vomitava, não conseguia comer.

Tinha fome.

Às vezes é muito vermelho.

Gosto das gotas que pingam na privada. Parece tinta.

Às vezes sai marrom e me dá agonia.

Eu tinha doze anos. Minha mãe me deu um tapa e me trouxe uma camiseta de algodão vermelha. Meu pai saiu pra beber uma garrafa de sangria.

O WORKSHOP DA VAGINA

(Leve sotaque britânico)

Minha vagina é uma concha, uma concha redonda, rosa e macia que abre e fecha, abre e fecha. Minha vagina é uma flor, uma tulipa exótica, o centro agudo e fundo, o perfume delicado, as pétalas macias, mas firmes.

Eu nem sempre soube dessas coisas. Aprendi no workshop da vagina. Aprendi com a mulher que realiza o workshop da vagina, uma mulher que acredita nas vaginas, que de fato olha para as vaginas, que ajuda mulheres a olharem a própria vagina olhando a vagina das outras mulheres.

Na primeira sessão, a mulher que realiza o workshop da vagina pediu que fizéssemos um desenho das nossas "vaginas únicas, lindas e maravilhosas". Essas foram as palavras dela. Ela queria saber como víamos nossas vaginas únicas, lindas e maravilhosas. Uma mulher que estava grávida desenhou uma boca enorme e vermelha que gritava e expelia moedas. Outra mulher muito magrinha desenhou uma bandeja bem grande e chique. Eu desenhei um ponto preto gigante com umas linhazinhas tortas em volta. O ponto preto era igual a um buraco negro no espaço, e teoricamente as linhazinhas tortas eram as pessoas, coisas ou simplesmente os átomos que se perderam por ali. Sempre pensei na minha vagina como um aspirador anatômico que vai sugando de forma randômica as partículas e objetos do ambiente.

Sempre vi minha vagina como uma entidade independente, girando como uma estrela numa galáxia à parte, às vezes entrando em combustão graças à própria energia gasosa ou explodindo e se transformando em milhares de outras vaginas menorzinhas que também giram em suas galáxias.

Não pensava na minha vagina em termos práticos nem biológicos. Não a via, por exemplo, como uma parte do meu corpo, uma coisa que ficava no meio das pernas, conectada a mim.

No workshop fomos convidadas a olhar nossas vaginas com a ajuda de espelhos de mão. Aí, depois de uma observação cuidadosa, deveríamos contar ao grupo aquilo que tínhamos visto. Vou confessar pra vocês que, até aquele momento, tudo que eu sabia sobre minha vagina era fofoca ou invenção. Na verdade nunca tinha olhado a coisa. Nunca tinha pensado em olhar. Para mim, minha vagina existia num plano abstrato. A ideia de olhar lá parecia tão mesquinha e bizarra, descer até o chão como fizemos no workshop, nos nossos colchonetes azuis brilhosos, com nossos espelhos de mão. Me fez pensar em como os primeiros astrônomos devem ter se sentido com aqueles telescópios antigos.

De início achei levemente perturbadora, minha vagina. Como na primeira vez em que você vê um peixe aberto ao meio e descobre outro mundo de sangue e complexidade ali dentro, logo abaixo da pele. Era tão viva, tão vermelha, tão fresca. E o que mais me surpreendeu foram todas aquelas camadas. Camadas dentro de camadas se abrindo em mais camadas.

Minha vagina me impressionou. Não consegui falar quando chegou minha vez no workshop. Fiquei sem palavras. Tinha despertado para o que a mulher que realizava o workshop chamava de "fascínio vaginal". Eu só queria ficar ali deitada no meu colchonete, com as pernas abertas, olhando minha vagina por toda a eternidade.

Era melhor que o Grand Canyon, antiga e cheia de graça. Tinha a inocência e o frescor de um verdadeiro jardim inglês. Era engraçada, muito engraçada. Me fez dar risada. Fazia esconde-esconde e pega-pega, abria e fechava. Era uma boca. Era a manhã.

Aí a mulher que realizava o workshop perguntou quantas das mulheres no workshop tiveram orgasmo. Duas ergueram a mão, meio sem jeito. Eu não levantei a mão, mas já tinha tido orgasmos. Não levantei a mão porque eram orgasmos acidentais. Chegavam *a* mim. Tinham acontecido durante o sono, e eu acordava maravilhada. Aconteciam muito na água, geralmente no banho. Uma vez na praia, em Cape Cod. Aconteciam em cima de cavalos, bicicletas, na esteira da academia. Não levantei a mão porque, embora já tivesse tido orgasmos, não sabia como causá-los. Nunca tinha tentando. Pensava que era uma coisa mística, mágica. Não queria interferir. Parecia errado se envolver — calculista, artificial. Parecia Hollywood. Um orgasmo planejado. A surpresa e o mistério iriam embora. O único problema, óbvio, era que a surpresa tinha ido embora havia dois anos. Eu não tinha um orgasmo acidental mágico havia muito tempo, e estava desesperada. Por isso fui ao workshop.

E aí o momento que eu ao mesmo tempo temia e secretamente desejava chegou. A mulher que realizava o workshop pediu que pegássemos de novo o espelhinho para ver se conseguíamos encontrar o clitóris. Ali estávamos, um grupo de mulheres, deitadas de barriga para cima nos colchonetes, procurando nossos pontos, nossos cantos, nossa razão e, não sei por que, comecei a chorar. Talvez por pura vergonha. Talvez por saber que precisava abrir mão da fantasia, a enorme e desgastante fantasia de que alguém ou alguma coisa faria isso por mim — a fantasia de que alguém chegaria para comandar minha vida, para decidir o caminho, para me dar um orgasmo. Eu tinha me acostumado a viver em off, de um jeito mágico, supersticioso. Essa busca pelo clitóris nesse workshop maluco cheio de colchonetes azuis brilhosos começava a tornar a coisa toda muito real, real demais. Senti que ia entrar em pânico. O horror misturado com a compreensão de que eu tinha evitado procurar meu clitóris, de que havia racionalizado que era tudo consumismo *mainstream* porque estava, na verdade, morrendo de medo de não *ter* clitóris, morrendo de medo de ser uma das estruturalmente incapacitadas, uma daquelas frígidas, mortas, isoladas, secas, com gosto de ameixa, amargas...

ai, meu Deus. Fiquei lá deitada com meu espelho, procurando meu ponto, abrindo com os dedos, e só conseguia pensar naquele dia quando tinha dez anos e perdi meu anel de ouro com esmeraldas num lago. Fiquei pensando em como mergulhei mil vezes até o fundo, passei a mão em pedras e peixes e tampinhas de garrafa e coisas gosmentas, mas nunca achei meu anel. Que pânico eu senti. Sabia que ia levar uma bronca. Não devia ter usado pra nadar.

A mulher que realizava o workshop me viu completamente atrapalhada, suada, ofegante. Veio até mim. Eu disse:

— Perdi meu clitóris. Sumiu. Não devia ter usado pra nadar.

Ela riu. Passou a mão na minha testa com muita calma. Disse que o clitóris não era uma coisa que eu podia perder. Era eu, era minha essência. Era tanto a campainha da casa quanto a casa em si. Eu não precisava *encontrar*. Eu precisava *ser*. Sê-lo. Ser meu clitóris. Ser meu clitóris. Deitei de novo e fechei os olhos. Deixei o espelho de lado. Me vi flutuando por cima de mim mesma. Fiquei olhando e comecei lentamente a voltar a mim e entrei. Me senti uma astronauta voltando à atmosfera da Terra. Foi muito silenciosa, essa volta: silenciosa e suave. Eu pulava e voltava, pulava e voltava. Cheguei lá e eram meus próprios músculos e sangue e células, e depois só deslizei para dentro da vagina. De repente ficou fácil, e eu coube. Era tudo quente e pulsante e pronto e jovem e vivo. E aí, sem olhar, ainda de olhos fechados, coloquei o dedo no que de repente tinha se transformado em mim. De início houve um pequeno tremor, o que me impeliu a ficar. Aí o tremor virou um terremoto, uma erupção, as camadas se dividindo e se subdividindo. O terremoto se abriu num horizonte milenar de luz e silêncio, que se abriu num plano de música e cores e inocências e vontade, e eu senti uma conexão, um chamado, ali deitada, me revirando toda no meu colchonete azul.

Minha vagina é uma concha, uma tulipa e um destino. Eu chego e ao mesmo tempo começo a ir embora. Minha vagina, minha vagina, eu mesma.

FATO DA VAGINA

"O CLITÓRIS TEM UM SÓ PROPÓSITO. É o único órgão do corpo que foi projetado apenas para o prazer. O clitóris é simplesmente um montinho de nervos: 8 mil fibras nervosas, para ser mais exato. Não existe concentração maior de fibras nervosas em qualquer outra parte do corpo, incluindo as pontas dos dedos, lábios ou língua, e é o dobro... do dobro... do dobro do número de fibras do pênis. Quem precisa de um revólver quando se tem uma semiautomática?"

Mulher: uma geografia íntima, de Natalie Angier

Porque ele gostava de olhar

Foi assim que acabei amando minha vagina. Dá vergonha, porque não é uma coisa politicamente correta. Sei lá, sei que era para ter acontecido num banho de banheira com grãos de sal do Mar Morto, ouvindo Enya, eu amando o feminino em mim. Conheço essa história. A vagina é linda. Nossa falta de amor próprio começa quando internalizamos a repressão e o ódio da cultura patriarcal. Não é real. Bucetas unidas. Sei de tudo isso. Tipo, se tivéssemos crescido numa cultura que ensinasse que bonito é ter coxa grossa, estaríamos mandando milk-shake e bolo pra dentro, deitadas de barriga para cima, passando os dias na missão de engrossar as coxas. Mas não crescemos nessa cultura. Eu odiava minhas coxas e odiava mais ainda minha vagina. Achava absurdamente feia. Eu era uma das mulheres que tinham olhado lá e se arrependido para sempre. Me dava nojo. Sentia pena de qualquer pessoa que tivesse que chegar perto.

Para conseguir sobreviver, comecei a fingir que tinha outra coisa no meio das pernas. Pensava em móveis — um futon macio e uma manta de algodão bem leve, umas poltroninhas de veludo, tapetes de oncinha — ou coisas lindas — lencinhos de seda, luvas de cozinha decoradas, uma mesa posta — ou cenários em miniatura — lagos de água cristalina ou pântanos úmidos na Irlanda. Fiquei tão acostumada que perdi qualquer memória de ter vagina. Sempre que transava com um homem, imaginava que ele entrava num cachecol de pele, numa rosa vermelha ou numa tigela chinesa.

Aí conheci o Bob. O Bob era o cara mais normal que eu já havia conhecido. Era magro, alto, genérico e usava roupas cáqui. O Bob não gostava de comida apimentada nem de Prodigy. Não ligava pra lingerie sexy. No verão, ficava na sombra. Não falava de sentimentos. Não tinha nenhum problema e nenhuma questão, nem alcoólatra ele era. Não era lá muito engraçado, nem articulado, nem misterioso. Não era grosso nem distante. Não era egocêntrico nem carismático. Não corria quando dirigia. Eu não morria de amores pelo Bob. Não teria nem notado sua existência se ele não tivesse recolhido o troco que deixei cair no chão da mercearia. Quando me entregou as moedinhas e acidentalmente encostou a mão na minha, aconteceu alguma coisa. Fui pra cama com ele. Foi aí que aconteceu o milagre.

Eis que o Bob amava vaginas. Era especialista no assunto. Amava sentir a textura, o gosto, o cheiro, mas, acima de tudo, amava olhar. Ele tinha que olhar. Da primeira vez que transamos, ele disse que precisava me ver.

— Tô aqui — eu disse.
— Não, você — ele falou. — Preciso te ver.
—Acende a luz — eu disse.
Pensando que ele era doido, comecei a entrar em pânico no escuro. Ele acendeu a luz.
Aí ele disse:
— Tá, tô pronto pra te ver.
—Aqui. — Levantei a mão. — Tô aqui.
Aí ele começou a tirar minha roupa.
— O que você tá fazendo, Bob?
— Preciso te ver — ele respondeu.
— Não precisa — eu disse. — Só vem aqui.
— Preciso ver como você é — ele insistiu.
— Mas você já viu um sofá de couro vermelho.
E Bob continuou. Ele não parava. Eu queria vomitar e morrer.
— Isso tá ficando íntimo demais — reclamei. — Você não pode só continuar?
— Não — ele elogiou. — É como você é. Tenho que olhar.
Prendi a respiração. Ele não parava de olhar. Ficava sem ar e sorria e encarava e grunhia. Ficou ofegante e mudou de expressão. Não parecia mais um cara normal. Parecia um animal lindo com fome.
— Você é tão linda — ele disse. — Você é elegante, profunda, singela e louca.
— Você viu essas coisas lá? — perguntei.
Era como se ele tivesse lido minha mão.
— Vi essas coisas — ele disse — e outras, muitas outras.
Bob ficou lá por quase uma hora, como se estivesse

Os monólogos da vagina 55

analisando um mapa, observando a lua, olhando nos meus olhos, mas era a minha vagina. De luz acesa, olhei pra ele me olhando, e ele estava tão sinceramente empolgado, tão tranquilo e eufórico que comecei a ficar molhada e me excitei. Comecei a me ver do jeito que ele me via. Comecei a me sentir bonita, uma delícia — tipo uma pintura incrível ou uma cachoeira. O Bob não tinha medo. Não tinha nojo. Comecei a inchar, comecei a sentir orgulho. Comecei a amar minha vagina. E o Bob se perdeu por lá, e eu fui junto, pra dentro da minha vagina, e a gente não voltou mais.

Minha vagina era meu vilarejo

Para as mulheres da Bósnia

Minha vagina era verde, campos cor-de-rosa claro tão suave, vaca mugindo sol dormindo doce namorado leve toque mecha macia loira de palha.
Tem alguma coisa no meio das minhas pernas. Não sei o que é. Não sei onde está. Não ponho a mão. Não agora. Não mais. Não desde então.
Minha vagina era falante, não via a hora, tanto, tanta coisa a dizer, palavras a falar, não posso deixar de tentar, não posso deixar de falar, isso, isso.
Não desde que comecei a sonhar que tem um bicho morto costurado lá embaixo com linha de pesca preta e grossa. E o cheiro ruim do bicho morto não sai nunca. E abriram a garganta e o sangue sempre mancha os meus vestidos de alcinha.
Minha vagina cantando aquelas músicas de menina, aquelas músicas tocando o sino de cabra, aquelas músicas

de jardim selvagem de outono, músicas de vagina, músicas familiares da vagina.

    Não desde que os soldados enfiaram um rifle comprido e grosso em mim. Era tão frio, o cano de aço anulava meu coração. Não sabia se eles iam atirar ou empurrar até chegar ao meu cérebro girando. Eram seis, médicos monstros com máscaras pretas, e enfiavam também garrafas em mim. Tinham paus e um cabo de vassoura.

    Minha vagina nadando na água doce, água limpa clara que espirra nas pedras no clitóris de pedra, pedras de clitóris por todo lado.

    Não desde que ouvi a pele rasgar e soltei um grito agudo de limão, não desde que um pedaço da minha vagina saiu na minha mão, uma parte do lábio, agora não tem mais nada de um lado.

    Minha vagina. Uma vila viva de água molhada. Minha vagina minha casa.

    Não desde que se revezaram por sete dias cheirando a fezes e carne defumada, e deixaram aquele esperma sujo dentro de mim. Virei um rio de veneno e pus, e morreu toda a plantação, e os peixes.

    Minha vagina uma vila viva de água molhada.
    Eles a invadiram. Massacram-na e a queimaram.
    Agora eu não ponho a mão.
    Nunca faço visita.
    Agora eu moro em outro lugar.
    Não sei onde fica.

FATO DA VAGINA

"No SÉCULO XIX, MENINAS que aprendiam a desenvolver a capacidade de atingir o orgasmo por meio da masturbação eram consideradas casos médicos. Eram 'tratadas' ou 'corrigidas' com a amputação e a cauterização do clitóris ou com 'cintos de castidade em miniatura', que costuravam os lábios vaginais para uni-los e tornar o clitóris inacessível, e até com castração ou remoção cirúrgica dos ovários. Mas na literatura médica não há nenhuma referência à remoção cirúrgica ou amputação do pênis para impedir que meninos se masturbassem.

"Nos Estados Unidos, a última clitorectomia para curar a masturbação de que se tem registro foi realizada em 1948 — numa menina de cinco anos."

A enciclopédia de mitos e segredos da mulher

Fato da vagina

"[200 milhões de] meninas e jovens mulheres já sofreram mutilação genital. Nos países em que é praticada, majoritariamente africanos, [cerca de 30 milhões de meninas na última década] já sabem que a faca — ou uma lâmina, ou um pedaço de vidro — é usada para cortar o clitóris ou removê-lo completamente, enquanto os lábios inteiros ou uma parte são costurados com corda de tripa ou arame.

"Muitas vezes, a operação é generosamente chamada de 'circuncisão'. A especialista em saúde africana Nahid Toubia esclarece: se fosse com um homem, consistiria na amputação de boa parte do pênis, até 'a remoção de todo o pênis, suas raízes de tecido erétil e parte da pele escrotal'.

"Os efeitos a curto prazo incluem tétano, septicemia, hemorragias e cortes na uretra, bexiga, paredes vaginais e esfíncter anal. A longo prazo: infecção uterina crônica, formação de cicatrizes profundas que podem dificultar a mobilidade para o resto da vida, formação de fístulas, aumento marcante de dor e risco durante o parto, e morte prematura."

> *The New York Times*, 12 abr. 1996, com atualizações incluídas entre colchetes do relatório *Female Genital Mutilation/Cutting: A Statistical Overview and Exploration of the Dynamics of Change* [Mutilação genital feminina/ corte genital: um panorama estatístico e investigação das dinâmicas de mudança], publicado pela Unicef em 2013

Minha vagina furiosa

Minha vagina anda furiosa. Sério. Puta da vida. Minha vagina anda revoltada e precisa falar. Precisa falar dessa merda. Precisa falar com você. Sabe, como assim? Tem um exército de gente por aí inventando tudo quanto é jeito de torturar a coitada da minha vagina tão tranquila, tão boazinha... Gente que perde tempo criando produtos doentios e ideias ridículas pra sabotar a minha buceta. Uns inimigos desgraçados da vagina.

É essa merda que tentam o tempo todo enfiar na gente, limpar a gente — encher a gente, esconder a gente. Bom, minha vagina não vai sair daqui. Ela não aguenta mais e vai ficar aqui mesmo. Tipo o absorvente interno — que porra é essa? Uma maldita de uma bola de algodão enfiada lá dentro. Por que não arranjam um jeito de lubrificar de leve o absorvente? No segundo em que minha vagina vê aquilo, ela entra em pânico. Ela diz: "Deixa quieto". E se fecha. Aí você precisa trabalhar a vagina, mostrar as coisas, abrir caminho. Preliminar é isso. Você tem que convencer a minha vagina, seduzir a minha vagina, ganhar a confiança da minha vagina. Só que é impossível com uma maldita bola seca de algodão.

Podem parar de enfiar coisas em mim. Podem parar de enfiar coisas e de tentar limpar. Minha vagina não precisa de limpeza. O cheiro já é ótimo. Só que não é de pétalas de rosa. Não vem com essa de tentar disfarçar. Não acredite no cara que diz que você tem cheiro de pétalas de rosa, porque a ideia é ter cheiro de buceta. É isso que eles fazem — tentam limpar tudo, deixar com cheiro de spray de banheiro, de jardim. Aqueles cheirinhos de privada — floral, frutas, chuva. Não quero a minha buceta com cheiro de chuva. Toda limpinha, tipo um peixe que já foi assado e você resolve lavar. Quero sentir o *gosto* do peixe. Senão teria pedido outra coisa.

Isso sem falar naquele monte de exame. De quem foi a ideia? Tem que existir algum jeito melhor de fazer exame. Por que aquele vestido bizarro de papel que arranha seus peitos e embola quando você deita, aí você fica se sentindo um montinho de papel que alguém jogou no lixo? Por que as luvas de borracha? Por que a espátula enfiada lá no fundo lutando contra a gravidade, por que aqueles apoios de metal nazistas, aquele bico de pato gelado que enfiam lá dentro? Que merda é essa? Minha vagina fica furiosa nas consultas. Já vai ficando na defensiva com semanas de antecedência. Ela se fecha, não "relaxa". Só eu que tenho raiva disso? "Relaxa a vagina, relaxa a vagina." Pra quê? Minha vagina não é idiota. Relaxar pra você poder enfiar esse bico de pato gelado lá dentro? Não vai rolar.

Por que não arranjam um robe de veludo roxo incrível e me embrulham nele, me deitam numa colcha de algodão bem macia, colocam umas luvas cor-de-rosa ou azuis bem simpáticas e encostam meus pés em dois apoios revestidos de pelúcia? Deixem o bico de pato mais quentinho. Preparem a minha vagina.

Mas não, é tortura atrás de tortura: a maldita bola seca de algodão, o bico de pato gelado e a calcinha fio dental. É a pior coisa. Calcinha fio dental. De quem foi a ideia? Aquilo sai do lugar toda hora, a coisa fica presa lá no fundo da vagina, a bunda fica assada.

A vagina foi feita para ficar aberta e larga, não toda fechadinha. Por isso cinta compressora é tão ruim. A gente precisa se mexer, se abrir, falar. A vagina precisa de conforto. Façam alguma coisa assim, alguma coisa que dê prazer. Mas é claro que não fazem. O pessoal detesta ver uma mulher tendo prazer, ainda mais se for prazer sexual. Sei lá, inventem uma calcinha bem linda de algodão macio com uma superfície texturizada. As mulheres iam gozar o dia todo, iam gozar no supermercado, iam gozar no metrô, iam gozar com a vagina feliz da vida. Só que ninguém ia aguentar ver tanta vagina feliz, tarada, energizada, que não leva desaforo pra casa.

Se a minha vagina falasse, ia falar sobre si mesma, igual eu faço; ia falar das outras vaginas; ia fazer imitação de vagina.

Minha vagina ia usar um monte de diamantes, sem roupa — só ia ficar ali, toda coberta de diamantes.

Minha vagina ajudou a parir um bebê enorme. Ela achava que ia acontecer mais vezes. Não vai. Agora quer viajar, não quer muita gente por perto. Quer ler e saber das coisas e sair mais. Quer sexo. Adora sexo. Quer chegar mais fundo. Tem vontade de profundidade. Quer gentileza. Quer mudança. Quer silêncio, liberdade, beijinhos, fluidos quentes e toque. Quer chocolate. Quer gritar. Quer deixar de ser furiosa. Quer gozar. Quer querer. Só quer. Minha vagina, minha vagina. Bom... minha vagina quer tudo.

A PEREREQUINHA QUE PODE TUDO
(Mulher do sul dos Estados Unidos)

MEMÓRIA: DEZEMBRO DE 1965, CINCO ANOS DE IDADE
Minha mãe, com uma voz aterrorizante, alta, ameaçadora, me manda parar de coçar minha perereca. Fico traumatizada por ter coçado. Nunca mais ponho a mão lá, nem no banho. Fico com medo de entrar água até transbordar e eu explodir. Coloco Band-Aid em cima da minha perereca para cobrir o buraco, mas sempre cai na água. Imagino uma rolha, um tampão de banheira enfiado lá para impedir que as coisas entrem em mim. Durmo com três calcinhas de algodão com estampa alegre de coraçãozinho, uma em cima da outra, por baixo do pijama de botão. Ainda tenho vontade de por a mão lá, mas não ponho.

MEMÓRIA: SETE ANOS
O Edgar Montane, que tem dez anos, fica bravo comigo e me dá um soco no meio das pernas com toda a força. A sensação era de que ele tinha me quebrado inteira. Volto para casa mancando. Não consigo fazer xixi. A mamãe me pergunta o que aconteceu com a minha perereca e, quando conto o que o Edgar fez, ela grita comigo e diz que nunca mais posso deixar ninguém encostar em mim lá embaixo. Tento explicar que ele não encostou, mamãe, ele deu um soco.

MEMÓRIA: NOVE ANOS
Estou brincando na cama, pulando e me jogando, e acabo empalando minha perereca na quina da cama. Solto uns barulhos agudos e gritados que vêm direto da boca da minha perereca. Me levam ao hospital e costuram tudo que tinha ficado arregaçado lá embaixo.

MEMÓRIA: DEZ ANOS
Estou na casa do meu pai e ele resolve dar uma festa no segundo andar. Todo mundo está bebendo. Fico brincando sozinha no porão e experimento meu novo sutiã de algodão branco e a calcinha que a namorada do meu pai me deu. De repente o melhor amigo do meu pai, um cara enorme chamado Alfred, chega por trás de mim, abaixa minha calcinha nova e enfia o pênis grande e duro na minha perereca. Eu grito. Chuto. Tento tirar o Alfred de cima de mim, mas ele já entrou. Meu pai também chega, e traz uma arma, e ouço um barulho alto horrível, e de repente eu e o Alfred estamos cobertos de sangue, um monte de sangue. Tenho

certeza que a minha perereca já era. O Alfred fica paralítico e a mamãe não me deixa ver meu pai por sete anos.

MEMÓRIA: TREZE ANOS
Minha perereca é um lugar muito ruim, um lugar de dor, sujeira, porrada, invasão e sangue. É um local cheio de problemas. É uma zona de azar. Imagino uma rodovia no meio das minhas pernas e, menina, eu vou é viajar, vou pra bem longe daqui.

MEMÓRIA: DEZESSEIS ANOS
Tem uma mulher linda de vinte e quatros anos na nossa vizinhança e eu fico o tempo todo olhando pra ela. Um dia ela me convida para entrar no seu carro. Pergunta se gosto de beijar meninos, e eu respondo que não gosto, não. Aí ela diz que quer me mostrar uma coisa, e se inclina e me dá um beijo tão macio na boca, colocando a língua. Nossa. Ela pergunta se quero ir à casa dela, e aí me beija de novo e me diz pra relaxar, pra deixar rolar, pra deixar nossas línguas rolarem. Ela pergunta à mamãe se posso dormir na casa dela, e minha mãe fica encantada ao saber que uma mulher tão bonita e bem-sucedida ficou interessada em mim. Fico com medo, mas na verdade não vejo a hora. O apartamento dela é incrível. Foi ela quem decorou tudo. São os anos 1970: os penduricalhos, as almofadas peludas, as luzes de climão. Decido ali mesmo que quero ser secretária, igual a ela, quando crescer. Ela se serve de uma vodca e pergunta o que quero beber. Digo que o mesmo que ela, e ela explica que acha que minha mamãe não ia gostar de me ver bebendo vodca. Digo que ela também não ia gostar de me ver

beijando meninas, e a moça bonita me faz um drinque. Aí ela troca de roupa e põe um baby-doll de cetim. Ela é tão linda. Eu sempre achei que toda sapatão negra fosse feia. Digo: "Você tá linda", e ela diz: "Você também". Eu digo: "Mas eu só tenho esse sutiã branco de algodão e calcinha". Aí ela me veste, bem devagar, com outro baby-doll de cetim. É lilás, tipo os primeiros dias da primavera. O álcool subiu e já estou soltinha, pronta. Percebo que acima da cama dela tem uma foto de uma mulher negra nua com um black power enorme, e ela me deita na cama devagar e com carinho. Só roçar meu corpo no dela me faz gozar. Aí ela faz tudo comigo e com a minha perereca, tudo que antes eu achava que fosse nojento, e nossa. Fico com muito tesão, fico louca. Ela diz: "Sua vagina assim, que nenhum homem nunca viu, tem um cheiro tão bom, tão fresco, queria que ficasse desse jeito pra sempre". Fico muito louca, e aí o telefone toca, e é claro que é a mamãe. Tenho certeza que ela sabe de tudo; ela sempre me pega no flagra. Estou superofegante e tento parecer normal quando chego ao telefone, e ela me pergunta: "O que você tem? Tá correndo?". Eu digo: "Não, mamãe, fazendo ginástica". Aí ela diz pra secretária linda que não quer me ver andando por aí com meninos, e a moça diz: "Pode confiar, que aqui não tem menino nenhum". Depois a moça maravilhosa me ensina tudo sobre a minha perereca. Ela me pede para colocar a mão lá e me ensina todos os jeitos de dar prazer a mim mesma. Ela é muito atenciosa. Diz que, se eu sempre souber dar prazer a mim mesma, nunca vou precisar depender de homem. De manhã fico com medo de ter virado lésbica porque estou muito apaixonada por ela. Ela dá risada, mas nunca mais nos vemos de novo. Só percebi depois que ela tinha sido minha salvação surpresa, inesperada, politicamente incorreta. Tinha transformado a coitadinha da minha perereca e a levado para um lugar bem alto que era quase o céu.

A vagina tem cheiro de quê?

Terra.
Lixo molhado.
Deus.
Água.
Uma manhã nova em folha.
Profundidade.
Gengibre doce.
Suor.
Depende.
Almíscar.
O meu.
Nenhum, pelo que dizem.
Abacaxi.
Florais de Bach.
Paloma Picasso.

Carne de caça e temperos.
Cravo e canela.
Rosas.
Uma floresta terrosa cheia de jasmim, uma floresta profunda.
Musgo úmido.
Uma delícia de doce.
O Pacífico Sul.
Alguma coisa entre os peixes e os lilases.
Pêssego.
Mato.
Fruta madura.
Chá de morango e kiwi.
Peixe.
Paraíso.
Água e vinagre.
Licor doce e leve.
Queijo.
Mar.
Sexy.
Uma esponja.
O começo.

Pegando a buceta de volta

Eu chamo de buceta. Peguei essa palavra de volta, *buceta*. Adoro. *Buceta*. Escuta. Buceta. B B, Ba Ba. Basta, bandeira, buraco, brilho, bom — b fechado — bem no meio, dentro do ba — depois u — depois bu — e aí esse u curvado, charmoso, sinuoso — único, unido, úmido, uivo, ui, ui, u — depois c — centro, cerne, caverna, caminho — depois buce — letras que juntas ficam perfeitas — e — emoção, então, edredom, entra, entra, sempre algo a mais, sempre cheio de opção maiúscula, buce, buce — e um pulso elétrico rápido rítmico — e [*ruído agudo*] e então suave — e morno — buce, buce, aí t — aí um tal t bem forte cortante — textura, toque, tenda, tentação, tensionar, tátil, tempo, tudo — aí enfim o a — amor, arfar, alto, além, avisa que é *buceta*, aceita, pode falar, fala *buceta*. *Buceta*.

Perguntei para uma menina de seis anos:

Se a sua vagina se vestisse, que roupa usaria?
Tênis vermelho de cano alto e um boné de time virado pra trás.

Se falasse, o que diria?
Palavras que começam com "V" e "T", "tartaruga" e "violino", por exemplo.

Sua vagina parece o quê?
Um pêssego lindo. Ou um diamante que encontrei num tesouro e é só meu.

O que sua vagina tem de especial?
Lá no fundo, bem lá no fundo, acho que tem um cérebro bem esperto.

Que cheiro a sua vagina tem?
Flocos de neve.

A MULHER QUE AMAVA FAZER VAGINAS FELIZES

AMO VAGINAS. AMO MULHERES. Não as vejo como coisas separadas. As mulheres me pagam para dominá-las, para excitá-las, para fazê-las gozar. Não comecei nessa carreira. Não, pelo contrário: era advogada. Mas perto dos quarenta anos fiquei obcecada pela ideia de levar felicidade às mulheres. Via tantas mulheres frustradas. Tantas mulheres que não tinham acesso à felicidade sexual. Começou como uma espécie de missão, mas aí acabei me envolvendo. Fui ficando muito boa nisso, meio que uma gênia. Era minha arte. Comecei a ganhar dinheiro. Era como se tivesse encontrado meu dom. O direito tributário começou a parecer completamente chato, insignificante.

Eu usava roupas espalhafatosas para dominar mulheres — renda, seda, couro — e usava acessórios: chicotes, algemas, cordas, dildos. Não tinha nada disso no direito tributário. Não tinha acessórios, nem tesão, e eu odiava aqueles terninhos azuis de firma, apesar de agora usá-los de vez em quando no meu novo tipo de trabalho e ficarem ótimos. Contexto é tudo. Não tinha acessórios nem roupas no direito societário. Não tinha lubrificação. Não tinha preliminares misteriosas no escuro. Não tinha mamilos eretos. Não tinha bocas incríveis, mas acima de tudo não tinha gemido. Não o tipo de gemido que estou pensando, pelo menos. Essa era a chave, hoje eu vejo; no fim das contas foram os gemidos que me seduziram e me fizeram ficar viciada nessa coisa de dar felicidade às mulheres. Quando eu era pequena e via mulheres transando nos filmes, fazendo uns gemidos estranhos de quem vai chegar ao orgasmo, eu dava risada. Ficava estranhamente histérica. Não conseguia acreditar que um barulho alto, escandaloso e descontrolado como aquele podia sair de uma mulher.

Eu tinha desejo de gemer. Treinava na frente do espelho, com um gravador, gemendo em várias notas, vários tons, às vezes fazia uma performance histriônica, noutras uma performance mais reservada, quase travada. Mas, toda vez que ouvia a gravação, achava falso. *Era* falso. Aquilo não vinha de uma sensação sexual, na verdade, só do meu desejo de ser sexual.

Mas aí, uma vez, quando eu tinha dez anos, precisei fazer xixi urgentemente. Numa viagem de carro. Consegui segurar por quase uma hora e, quando enfim pude fazer xixi num posto minúsculo e sujo, foi tão prazeroso que soltei um gemido. Gemi fazendo xixi. Era inacreditável, eu gemendo num posto Texaco em algum lugar nos confins da Louisiana. Foi nessa hora que percebi que os gemidos vêm quando você não consegue o que queria na hora, quando precisa esperar. Percebi que os melhores gemidos pegam você de surpresa; vêm de uma parte escondida e misteriosa de você que de repente falou a própria língua. Percebi que, na realidade, os gemidos eram essa língua.

Virei uma mulher que geme. Deixava a maioria dos caras ansiosos. Para ser sincera, assustava os caras. Eu fazia um escândalo, e eles não conseguiam se concentrar no que estavam fazendo. Eles perdiam o foco. Logo depois, perdiam tudo. Não podíamos transar na casa dos outros. As paredes eram finas demais. Fiquei famosa no meu prédio, e as pessoas me olhavam com uma cara feia no elevador. Os homens me achavam muito intensa; alguns me chamavam de louca.

Comecei a me sentir mal por gemer. Fiquei quieta e educada. Fazia barulho no travesseiro. Aprendi a abafar meu gemido, segurava como se fosse um espirro. Comecei a ter umas dores de cabeça e doenças relacionadas ao estresse. Já estava perdendo a esperança quando descobri as mulheres. Descobri que a maioria das mulheres amavam meus gemidos — e, mais importante ainda, descobri que eu ficava profundamente excitada quando as outras mulheres gemiam, quando eu fazia outras mulheres gemerem. Virou meio que uma paixão.

Encontrar a chave, destrancar a boca da vagina, destrancar essa voz, essa música louca.

Transei com mulheres quietas e encontrei um lugar dentro delas, e elas ficaram chocadas com os próprios gemidos. Transei com mulheres que gemiam e encontraram um gemido mais profundo, mais penetrante. Fiquei obcecada. Tinha vontade de fazer as mulheres gemerem, de ser a responsável, uma espécie de condutora, talvez, ou a líder da banda.

Era quase uma cirurgia, quase uma ciência delicada, encontrar o ritmo, a localização exata, a casa do gemido. Era assim que eu chamava.

Às vezes eu encontrava o gemido por cima da calça jeans da mulher. Às vezes entrava de mansinho, sorrateira, silenciosamente, desarmando todos os alarmes e entrando. Às vezes usava a força, mas não uma força violenta, opressora, mas uma força que era mais dominação, uma força do tipo "vou te levar pra um lugar; não se preocupa, relaxa e aproveita". Às vezes era corriqueiro. Eu encontrava o gemido antes mesmo de começar, quando estávamos comendo uma salada ou frango casualmente, ali mesmo, com os dedos, "tá aqui, ó", simples assim, na cozinha, tudo misturado com vinagre balsâmico. Às vezes eu usava acessórios — adorava acessórios —, às vezes fazia a mulher encontrar seu próprio gemido na minha frente. Eu esperava e ia puxando até que ela se abrisse. Não me deixava enganar pelos gemidos menores, mais óbvios. Não, eu ia além, ia até o fim para ver o gemido completo.

Tem o gemido do clitóris (um som suave que vem de dentro-da-boca), o gemido da vagina (um som profundo que vem de dentro-da-garganta) e o gemido do combo clitóris-vagina. Tem o pré-gemido (a insinuação do som), o quase gemido (um som circular), o gemidão (um som profundo, definido), o gemido elegante (um som de risada sofisticada), o gemido Grace Slick (um som de cantora de rock), o gemido classe média alta (sem som), o gemido semirreligioso (um som de cântico muçulmano), o gemido da montanha (um som de canto tirolês), o gemido de bebê (um som gu-gu-dá-dá), o gemido cachorrinho (um som ofegante), o gemido sulista ("isso, isso!" com sotaque do Sul), o gemido bissexual militante desinibido (um gemido grave, agressivo, pulsante), o gemido metralhadora, o gemido zen em conflito (um som torto e desejoso), o gemido de diva (uma nota aguda digna de ópera), o gemido de orgasmo com dedão do pé esticado e, por fim, o gemido de orgasmo triplo surpresa.

Eu estava lá, no quarto

Para Shiva e Coco

Eu estava lá quando a vagina dela se abriu.
Estávamos todos: sua mãe, seu pai, seu marido,
    e eu,
e a enfermeira que veio da Ucrânia com o
    punho inteiro
enfiado no fundo da vagina apalpando e girando
    com as luvas
de borracha enquanto falava de forma casual — como se
abrisse uma torneira de metal.

Eu estava no quarto quando cada contração
a fez engatinhar no chão,
fez gemidos desconhecidos vazarem pelos poros,
e ainda estava lá depois de horas quando ela
    de repente deu um grito

sem controle, os braços golpeando o ar elétrico.

Eu estava lá quando a vagina dela deixou
de ser um buraco sexual tímido
e virou um túnel arqueológico, um reservatório sagrado,
um canal de Veneza, um poço profundo com uma criancinha
    presa lá no fundo,
só esperando o resgate.

Eu vi as cores da vagina dela. As cores mudaram.
Vi o azul aflito e aberto
o vermelho-tomate extremo
o rosa-cinzento, o escuro;
vi o sangue como suor acumulado nos cantos
vi o amarelo no líquido branco, o cocô, os coágulos,
empurrando os buracos pra fora, empurrando com cada vez mais
    força,
vi pelo buraco a cabeça do bebê
chumaços de cabelo preto, foi o que vi logo ali
atrás do osso — uma lembrança redonda e rígida,
e a enfermeira que veio da Ucrânia continuava virando,
    virando
a mão escorregadia.

Eu estava lá quando cada uma de nós, eu e sua mãe,
seguramos uma perna e a abrimos bem, empurrando
com toda a nossa força, empurrando
e o marido muito sério contando: "Um, dois,
    três",
pedindo para ela se concentrar, mais forte.

Olhamos dentro dela nesse instante.
Não conseguíamos tirar os olhos dali.

Esquecemos da vagina, todos nós.
O que mais explicaria
nossa falta de admiração, nossa falta de alegria?

Eu estava lá quando o médico
veio com colheres de Alice no País das Maravilhas
e também quando a vagina dela virou uma aberta e escandalosa
    boca
cantando com toda força;
primeiro a cabecinha, depois o braço frouxo e cinza,
    depois o ágil
corpo nadando, nadando rápido em direção aos nossos
    braços aos prantos.

Eu estava lá depois quando me virei e encarei
    a vagina dela.
Fiquei lá e me permiti olhar
para ela toda aberta, completamente exposta,
mutilada, inchada, rasgada,
espalhando sangue pelas mãos do médico
que a costurava com toda calma.

Fiquei lá e, enquanto olhava, a vagina dela de repente
se tornou um enorme coração vermelho pulsante.

O coração se sacrifica.

Assim como a vagina.
O coração é capaz de perdoar e curar.
Muda de forma para nos receber.
Se expande para nos libertar.
A vagina também pode.
Pode sofrer por nós e se abrir por nós, morrer por nós
e nos trazer sangrando, sangrando a este incrível
    e difícil mundo.
A vagina também pode tudo.
Eu estava no quarto.
Eu me lembro.

Os monólogos spotlight

Os MONÓLOGOS A SEGUIR *foram escritos para o V-Day Spotlight, uma campanha realizada durante todos os anos com o intuito de atrair a atenção da mídia mundial para práticas que colocam mulheres em risco. Práticas essas que fizeram com que mulheres fossem estupradas, assassinadas, humilhadas e simplesmente impedidas de existir, em diversas partes do planeta. Foi uma honra ser recebida por essas comunidades. Minha esperança é de que, através dessas histórias de sofrimento feminino, essas mulheres encontrem a cura; que, vendo o que lhes tirou a luz, elas possam se tornar visíveis, honradas e protegidas agora e sempre.*

A lembrança da sua cara

Para Esther

Islamabad
Todos sabiam que alguma coisa tenebrosa
Estava prestes a acontecer
Toda vez que ele chegava em casa
As coisas que ele usava
Da primeira vez
Ele pegou o que tinha por perto
Ele pegou uma panela
Ele bateu na cabeça dela
Ele bateu com força no olho direito dela
Da segunda vez
Ele até parou pra pensar
Fez uma pausa
Tirou o cinto
Ela ficou com cortes profundos nas coxas
Da terceira vez ele resolveu ser

Mais dedicado a deixá-la machucada
Então ele usou os punhos
Ele lhe quebrou o nariz
Eles ouviram os gritos
Eles a ouviram implorando
Eles não queriam, não iam se intrometer
Ela era dele
Como reza a lei silenciosa.
Não perguntem o que ela tinha feito
Só tinha uma cara que o tirava do sério
Só aquela cara de quem queria muito
Da última vez que ele
Chegou ao limite com ela
Ele planejou tudo
Ele arranjou o ácido
Ele colocou num vidro
Ela disse que precisava de dinheiro para comprar comida para eles
Ela estava com aquela cara.
Aquela cara. Aquela cara. Aquela cara.
Ela não tem mais cara.
Derreteu inteira
Só olhos, é só isso que você vai ver
Só isso
Só olhos encaixados na carne viscosa
Estou avisando porque
Ela mora dentro dessa coisa confusa
Dentro dessa máscara monstruosa
Dentro de uma autoestima morta
Dentro do desejo dele de torná-la nada

Ela está lá, eu juro
Eu a ouvi arfando
Eu a ouvi suspirando
Eu a ouvi balbuciando alguma coisa
Com o que um dia foi uma boca
Eu juro. Eu a ouvi.
Ela mora ali.

Juárez
Todas têm a pele escura, são bonitas, jovens
Todas têm olhos castanhos
Todas se foram
Tem uma menina desaparecida há dez meses
Ela tinha dezessete quando a levaram
Ela trabalhava na Maquiladora
Ela carimbava milhares de cupons de produtos que
Nunca poderia comprar
Quatro dólares por dia
Eles pagavam e a levavam de ônibus até o deserto
Onde ela dormia com frio num lugar de merda
Deve ter sido no caminho até o ônibus
Que a pegaram
Devia estar escuro lá fora
Deve ter durado até ficar claro
O que quer que tenham feito com ela
Seguiu por horas
Sabemos por causa das outras
Que voltaram sem mãos e sem mamilos
Deve ter demorado
Quando ela finalmente apareceu

Estava puro osso
Osso e osso
Sem a pinta charmosa em cima do olho direito
Sem sorriso maroto, sem cabelo preto enrolado
Osso ela voltou em forma de osso
Ela e as outras
Todas lindas
Todas promissoras
Todas cupom
Todas rosto
Todas foram embora
300 rostos foram embora
300 narizes
300 queixos
300 olhos penetrantes e escuros
300 sorrisos
300 bochechas mulatas
300 bocas famintas
prestes a falar
prestes a contar
prestes a gritar
hoje são só osso.
Tentei desviar os olhos
Quando ela levantou o véu
no restaurante
Quando ergueram o plástico
que escondia
o contorno ósseo de sua cabeça
no necrotério
Tentei desviar os olhos.

DEBAIXO DA BURCA

PARA ZOYA

(*Este texto não é sobre a burca em si. Usá-la ou não usá-la é obviamente uma questão de cultura e escolha. Este texto é sobre um momento e um lugar em que as mulheres não tinham escolha.*)

imagine um imenso pedaço de tecido escuro
que cobre seu corpo inteiro
como se você fosse uma estátua indecente
imagine que só entra uma gota de luz
a prova de que para os outros o dia ainda existe
imagine que fica quente, muito quente
imagine que o tecido vira sua prisão,
e você se afoga em pano, em escuridão
imagine que você manca debaixo dessa manta
estende a mão por dentro do tecido para pedir esmola
porque deve continuar oculta, simplória, coberta

senão eles podem esmagá-la ou decepá-la
imagine que ninguém vai colocar rubi nenhum na sua
   mão invisível
porque se ninguém consegue ver seu rosto
você não existe
imagine que você não consegue encontrar seus filhos
porque eles vieram para ver seu marido
o único homem que você tinha amado
embora o casamento tenha sido arranjado
porque vieram e atiraram nele com a arma
que era dele e não conseguiam encontrar
e você tentou defendê-lo e eles
   te pisotearam
quatro homens em cima de você
na frente dos seus filhos que gritavam
imagine que você ficou louca
mas não sabia que tinha ficado louca
porque vivia debaixo de uma colcha
e não via o sol havia anos
e tinha perdido o seu rumo
e lembrava das suas duas filhas
   muito pouco
como num sonho em que você lembrava do céu
imagine o sussurro como forma de comunicação
porque palavras não se formavam mais na
   escuridão
e você não chorava porque lá dentro ficava tudo
   molhado e abafado
imagine homens barbados que você só conseguia
   reconhecer

pelo cheiro
checando suas meias e te espancando
só porque eram brancos
imagine apanhar de chicote
na frente de gente que você não conseguia ver
imagine ser tão profundamente humilhada
que a humilhação não tinha cara
nem ar. ficava mais escuro lá
imagine não ter visão periférica
e como um bicho machucado
não poder se defender
ou se desviar dos golpes que vinham dos lados
imagine que rir era proibido
no seu país inteiro assim como a música
e o único som que você ouvia
era o som distante do *azan*
ou o choro de outras mulheres apanhando
dentro de seus panos, dentro de seu escuro
imagine que você não sabia mais a diferença
entre vida e morte
por isso parou de tentar se matar
porque dava na mesma
imagine que você não tinha casa
seu teto era o tecido
e quando você andava na rua
essa tumba
ficava menor e fedia mais a cada dia
você começava a trombar nas coisas
imagine se sentir sufocada mesmo quando
    respirava

imagine cada murmúrio e cada grito
dentro dessa jaula
mas ninguém escuta
me imagine dentro do dentro
da escuridão em você
lá fiquei presa
lá me perdi
dentro do pano
que é seu pensamento
dentro do escuro que é nosso
imagine que você me vê
eu já fui muito bonita
olhos escuros bem grandes
você ia me reconhecer

Arrancaram a menina do meu menino... ou tentaram

Para Calpernia e Andrea

Aos cinco anos
Troquei a fralda da minha irmã
mais nova
Vi a vagina dela
Quis uma igual
Quis uma igual
Pensei que ia crescer
Pensei que ia me abrir
Precisava pertencer
Precisava ter o cheiro
da minha mãe
O perfume dela vivia no meu cabelo
nas mãos, na pele
Precisava ser linda

Linda
Me perguntava por que eu não tinha
a parte de cima do biquíni na praia
Por que não estava vestida como as outras meninas
Precisava ser completa
Precisava pertencer
Girar a roleta
Me atribuíram um sexo
No dia do nascimento
É uma coisa aleatória como ser adotada no orfanato
ou se hospedar num hotel no trigésimo andar
Não tem nada a ver com quem você é
ou com seu medo de altura comprovado.
Mas apesar do aparato
Que era obrigada a levar para todo lado
Eu sempre soube que era menina
Me batiam por causa disso
Me batiam por cair no choro
Me davam uma surra por querer
Tocar
Brincar
Abraçar
Ajudar
Segurar
Suas mãos
Por tentar voar na igreja
como a Noviça Voadora
Por virar estrelinha
Por fazer meias de crochê
Por levar uma bolsa para o jardim de infância

Me espancavam todo dia
antes da aula.
No parque
quebravam minhas
unhas pintadas de canetinha
Socavam minha boca com batom
Arrancavam a menina
de dentro do meu menino
ou tentavam
Então fui viver num esconderijo
Desisti de tocar flauta
"Seja homem, dê o troco.
Devolva um soco com outro."
Deixei crescer o bigode
Era bom eu era grande
Entrei para a Marinha
"Engole o choro e segue a vida."
Fiquei apagado
Anestesiado
Às vezes cruel
Para ser macho
Para ser macho
Para ser muito macho
Sempre retesado, impreciso,
Incompleto
Fugi de casa
da escola
do acampamento.
Fui para Miami
Greenwich Village

Ilhas Aleutas
Nova Orleans
Encontrei gente gay
Imensidão de sapatão
Tomei a primeira dose de hormônio
Tomei coragem de ser eu
De fazer a transição
De viajar
De ser imigrante
350 horas de injeção
Eu contava cada elemento masculino que ia morrendo
Dezesseis pelos de homem a menos
O feminino mora no rosto
Levanto mais as sobrancelhas
Tenho curiosidade
Faço perguntas
E minha voz
É questão de prática
Confiança na ressonância
Cantar a canção cantar a canção
Homens são secos e monótonos
Sotaque do Sul fica ótimo
Sotaque judeu realmente ajuda
"Oi, amigo"
E minha vagina é tão mais fácil
Eu adoro
Me enche de alegria
O orgasmo vem em ondas
Antes era desengonçado
Sou a menina da casa ao lado

Meu pai tenente-coronel acabou
pagando
Minha vagina
Minha mãe ficou preocupada
com o que pensariam
dela, como se fosse a culpada
até que fui à missa
e todo mundo disse como sua filha é
linda
Eu queria fazer parte
Eu tive sorte
Eu posso escutar
Eu posso tocar
Eu sou capaz de receber.
Estar como verbo no presente
Hoje as pessoas me tratam tão melhor
Posso acordar de manhã
Prender o cabelo num rabo
Um erro foi reparado
Deus está do meu lado
É meio como tentar dormir
Com um alarme de carro disparado
Quando ganhei minha vagina, foi como se alguém
Finalmente o tivesse desarmado
Agora vivo na ala feminina
Mas sabe como as pessoas são com os imigrantes
Não gostam se você vem de
qualquer outra parte
Não gostam de ver você se misturando
Mataram meu namorado

Estava dormindo e foi espancado
Com um taco de beisebol
Arrancaram a menina que sou
Da cabeça dele aos socos
Não queriam vê-lo
Andando com uma gringa
Mesmo que ela fosse linda
Cheia de gentileza e generosidade
Não queriam que ele sentisse amor
pela ambiguidade.
Esse era o tamanho do medo que tinham do amor.

(*Este monólogo foi baseado em entrevistas com mulheres transgêneros de todas as regiões dos Estados Unidos.*)

Trança torta

Para as mulheres da Nação Oglala Lakota

1.
Ele queria sair.
Ele me disse: "Você fica em casa".
Eu disse: "Eu queria sair".
Ele disse: "Você tem um bebê".
Eu disse: "É o seu bebê".
Coloquei o bebê para deitar.
Ele deve ter sentido meu nervosismo
porque começou a choramingar,
o bebê.
Levantei a cabeça
e ele me deu um tapa, meu marido.
Não um soco que deixa o olho roxo.
Esse veio dali a um tempo.
Foi um tapa,

um tapa doméstico.
Ele me olhou.
Ele sorria.
Eu não acreditava.
Ele sorria.
Ele me bateu mais uma vez.
Seu pai era violento com sua mãe.
Eu o vi sorrindo.
O que tinha acontecido?
Ele era uma pessoa ótima.
Tinha o cabelo preto comprido.
Quando fazíamos amor ficava
solto
no começo.

2.
Ele me levou para jantar,
me obrigou a sair com seu chefe.
Eu não queria.
Ele me chutou por baixo da mesa,
me disse para ser simpática,
me disse para sorrir.
Eu sorri.
Ele me chutou de novo,
perguntou com quem eu estava querendo
trepar, me disse para parar de dar em
cima de todo mundo.
Eu parei de sorrir.
Ele me chutou de novo.

A coisa se estendeu por horas.
Do lado de fora do restaurante
ele agarrou meu cabelo
e me puxou para baixo até
o meio-fio.
Tinha nevado.
Ele me enterrou na neve.
Me socou na sarjeta.
A neve estava derretida.
Ficou tudo sujo.
Parecia que saía sangue do meu cabelo.

3.
Ele tinha bebido.
Eu também.
Eu devo ter apagado.
Acordei no hospital
após cinco cirurgias neurológicas.
Não tinha mais cabelo.
Tinham raspado.
Precisei reaprender a falar
e a mexer os braços.
Demorou quatro meses
para que eu me lembrasse como se fazia
o café da manhã.
Lembro de ter colocado
o ovo na frigideira
com o bacon.
Sabia que o ovo fazia sentido

só não lembrei que
precisava quebrar antes.
O ovo ficou lá na frigideira
com a casca.
E eu careca.

4.
Por dezoito anos
ele me bateu.
De manhã cedo
quando era de novo um homem tão bom
eu fazia uma trança em seu cabelo comprido.
Levava todo o tempo do mundo
como se me importasse muito
e fazia a trança perfeitamente torta.
Arrumava os cabelos
para que ficassem arrepiados
tipo cabelo de doido.
Aí ele saía por aí esquecendo
que os hematomas no meu
rosto eram as marcas de sua mão.
Ele andava pela rua todo metido.
Ia todo machão pela estrada,
mas com aquela trança toda torta
que ficava tão idiota.
Isso não devia me deixar tão feliz.
Isso não devia ter me deixado assim tão feliz.

5.
Ouvi falar que ele tinha saído
com uma mulher
para transar e ela ficava afofando
o cabelo dele e ele ficava louco
por cima dela.
Ele chegou em casa
muito depois
e seu cabelo estava todo trançado
direto e reto.
Ele desmaiou
de tanta bebida.
Aí eu subi
com uma tesoura
enquanto ele roncava
e devagar cheguei perto
e cortei a trança inteira,
inteira,
e coloquei na mão dele
aí quando acordou
ele gritou:
"Que porra
é essa? Eu vou te matar"
e se levantou num pulo
mas eu tinha amarrado seus cadarços
para que ele não fugisse.
Eu não
voltei pra ele por três anos
precisava saber se o seu cabelo tinha crescido.

6.
Eu não queria fazer sexo.
Ele tinha bebido.
Eu era só um pedaço de carne
pra ele,
um buraco.
Tentei fazer de conta
que tinha dormido.
Ele me empurrava, me chacoalhava
me puxava.
Lembro de ter pensado: vai terminar logo.
Ele estava meia bomba e ficou metendo
metendo até
me deixar assada.
Eu disse: "Não foi bom".
Ele disse: "Com quem você andou?
O cara era maior que
eu? Você gostou?".
Você vira um rato com um leão do lado.
Tem que chegar rápido
à porta.
Ele me ergueu bem alto
como se eu fosse um trapo.
Tinha um vazio nos olhos.
Eu ouvia meu filho gritando
com a boca aberta e
as amígdalas,
eu conseguia ver as amígdalas.
Meu marido me espancou até quase me matar.
Enrolou meu cabelo comprido numa das mãos,

sacudiu minha cabeça.
Tentei pegar meu filho.
"Ele não é seu filho", ele disse,
segurando meu cabelo.
"Ele não é mais seu filho."

Agora ele me liga no meio
da noite
chorando.
Ele não queria bater na mulher.
Ele não queria espancar a mulher.
Ele quer se matar.
Ele sabe o que a mãe dele passou.
Mas não consegue evitar — meu filho.
Levaram nossa terra.
Levaram nossos hábitos.
Levaram nossos homens.
Queremos tudo de volta.

(*Este monólogo foi baseado em entrevistas com mulheres indígenas da Reserva Pine Ridge.*)

Fale

Para as "mulheres de conforto"*

Nossas histórias só existem dentro das nossas cabeças
Dentro dos nossos corpos em ruínas
Dentro de um tempo-espaço de guerra
E vazio
Não há documento
Nada oficial registrado
Só a consciência
Só isso
O que nos foi prometido:
Que eu salvaria meu pai se fosse com eles
Que eu teria emprego

---

* Termo que designa mulheres forçadas à prostituição e escravidão sexual, originado nos bordéis militares japoneses durante a Segunda Guerra Mundial. (N.E.)

Que eu serviria o país
Que me matariam se eu não fosse
Que lá era melhor
O que encontramos:
Nenhuma montanha
Nenhuma árvore
Nada de água
Areia amarela
Um deserto
Um depósito cheio de pranto
Milhares de meninas com medo
Minha trança cortada contra a minha vontade
Nenhuma chance de usar calcinha
O que fomos forçadas a fazer:
Mudar nosso nome
Usar vestidos simples de
Botão que fosse fácil de abrir
Cinco soldados japoneses por dia
Às vezes um navio cheio deles
Coisas animalescas e bizarras
Fazíamos mesmo quando saía sangue
Começávamos cedo antes de sair sangue
Eram tantos
Alguns nem tiravam a roupa
Só tiravam o pênis pra fora
Tantos que eu não conseguia andar
Não conseguia esticar as pernas
Não conseguia me abaixar
Não conseguia
O que fizeram conosco mil vezes:

Xingaram
Espancaram
Torceram
Viraram tudo ao contrário
Esterilizaram
Drogaram
Bateram
Esmurraram
O que vimos:
Uma menina bebendo produto de limpeza no banheiro
Uma menina morta por uma bomba
Uma menina espancada com um rifle
Uma menina se jogando contra a parede
O corpo desnutrido de uma menina sendo jogado no rio
Abandonado para se afogar
O que não tínhamos permissão para fazer:
Tomar banho
Andar
Ir ao médico
Usar camisinha
Fugir
Ter meu bebê
Pedir pra ele parar
O que tivemos:
Malária
Sífilis
Gonorreia
Aborto espontâneo
Tuberculose
Doença cardíaca

Colapso nervoso
Hipocondria
O que comíamos:
Arroz
Missô
Picles de nabo
Arroz
Missô
Picles de nabo
Arroz arroz arroz
O que viramos:
Coisas estragadas
Buracos
Inférteis
Poças
Ensanguentadas
Carne
Exiladas
Silenciadas
Solitárias
O que nos restou:
Nada
Um pai que nunca se recuperou do choque
Que o levou à morte
Nenhum salário
Cicatrizes
Ódio de homem
Nenhum filho
Nenhuma casa
Um espaço em que um dia houve um útero

Bebida
Cigarro
Culpa
Vergonha
Como nos chamavam:
Ianfu – mulheres de conforto
Shugyofu – mulheres de ocupação indecente
O que sentimos:
Meu peito até hoje estremece
O que levaram:
A primavera
Minha vida
O que somos:
74
79
84
93
Cegas
Lentas
Prontas
Na frente da Embaixada do Japão toda quarta
Finalmente sem medo
O que queremos:
O quanto antes
Antes da nossa partida
E de nossas histórias deixarem o mundo,
Deixem nossa mente
Governo japonês
Fale
Por favor

Pedimos desculpas, mulheres de conforto
Me fale
Me fale "pedimos desculpa"
Me fale "pedimos desculpa"
Para mim
Para mim
Para mim
Me fale.
Fale "desculpa"
Fale "nós pedimos desculpa"
Me fale
Me veja
Fale
Desculpa.

(*Este monólogo foi baseado em depoimentos dados pelas mulheres de conforto.*)

Para minha irmã de portauprincebukavunovaorleans

o que quebrou estremeceu bombardeou
o dique esgarçado gasto alagou qual
   verde brilho amarelo

manga pinga poeira leve pé descalço porco

cordeiro pasto lixo trocado cimento nas alturas
   luz do dia quebrada história desnutrida
   algemadas mãos sem proteção

garoto cortando garota sangrando refúgio de guerra
   sem rumo

exílio da água chegando terra partindo casas caindo

guardas americanos armas apontando que vermelho amarelo verde
    X sem sinal no corpo que empresa desumana
homens que compram cadáveres quentes que saem
do fundo da terra

que dinheiro prometido nove bilhões vinte e nove
    bilhões tantos bilhões

nunca entregues bilhões quais x presidentes desaparecidos

presidentes corruptos presidentes o que quatro anos
    seis anos dezoito anos vítimas de estupro

no meio
    dosuperdomeacampamentovilarejoqueimado

o que além de atos bem-intencionados que salvam e deixam
    de joelhos

vítimas transformadas em vítimas vítimas que barracas
    penetráveis derretidas

pele alma que mundo quais pessoas tendo
    tudo

não para o lixo engolindo meninos cavando

afundando crianças

em sacos de carvão carregando mulheres

sacos de batata carregando faca e paus debaixo das
   claras

saias de tecido africano bebês carregando nas coxas
   costas

carregando músicas danças igrejas campos feridos
   centros

carregando possibilidade barrigas seres palavras quais
   mulheres seguindo

em frente superando sujeira superando dificuldade o que
   acontece agora

Mulher Nova Orleans Haiti Congo agora

ou nunca mulheres exigindo o que carregam
   exigindo carregando agora

mulheres de cor brilhante carregando tudo
   tudo seguindo em frente...

Myriam

.*(Myriam Merlet era ativista e escritora. Foi líder do Ministério de Gênero e Direitos das Mulheres do Haiti e fundadora da Enfofanm, que reúne e promove histórias de mulheres e luta pelos seus direitos na mídia. Era incrível e muito amada, e levou o V-Day e Os monólogos da vagina para o Haiti. Ela faleceu no terremoto de 2010.)*

Myriam,
Já faz quase um ano
desde que fiquei te ligando
ligando sem parar
na certeza de que o celular
te encontraria e te acordaria
e ainda estaria na sua mão soterrada.

Um ano desde
aqueles dias de explosão

das salas de casa e das mãos
da nevasca de cimento e osso.

Aqueles dias de corpos em sacos
e sacos faltando para tanto corpo
de bebês em silêncio andando nos escombros
e de escavação
e às vezes gritos e noutras orações.

Aqueles dias logo após
o Haiti desmoronar
como uma casa feita de estrelas
e você que mantinha tudo em pé
agora estava lá embaixo.

Myriam,
Tem mulheres
nas ruas, nos carros
em acampamentos, em barracas feitas de farrapos
mulheres quase sem roupa no corpo
agarradas por homens famintos furiosos
grávidas de bebês dos outros
tem mulheres que
para conseguir trabalho
precisam abandonar
as filhas
mulheres com sangue nas pernas
por pavor de tomar banho.
São mulheres à espera do sono
à espera de uma porta um telhado e paredes

ou
tem mulheres que não vão ficar esperando
mulheres que gritam sua memória
e seu nome:

Você fez de tudo para mudar esse lugar
como a profetisa bíblica
voltou para sua região
com um tamborim na mão
para cantar as histórias das suas mulheres.
Você sabia que o futuro do Haiti estava em questão.

Você e Magalie e Anne Marie e todas as outras
que derrubaram os muros
que mudaram os nomes das ruas, encheram os tribunais,
criaram novas leis.
Seus corpos estão deitados
no meio da poeira e do aço
mas vocês não se foram
nós não vamos desistir de você
nós cantamos a sua música
com a coragem que vem do seu nome
Myriam Merlet.
Myriam, Myriam.

Oi, dona Pat

Para Patricia Henry e as guerreiras do Katrina de Nova Orleans e do sul do Golfo

Eles chegam no meu portão
E já vão pedindo:
"Oi, dona Pat,
Que que tem no fogão?".
Todo dia eles fazem igual.
Eles sabem que não sei fazer pouca comida.
Faço comida pra todo mundo. Faço muita.

Agora há pouco veio a mãe daquele menino gordo
Que ficou com asma no trailer de abrigo

Com todo aquele FEMAldeído.*
Esses trailers não foram construídos
Para você passar mais de vinte minutos
E com certeza não aguentam quem é gordo.
Coitada, se acabou de tão preocupada.
Eu já fui fazendo pra ela um peixe frito e um arroz mexido.

Nova Orleans não é mais a mesma coisa.
Tinha muito bingo
Tinha Walmart 24 horas
Dava pra fazer compra à meia-noite ou de madrugada
Sempre tinha um jeito
Toda vez que você ganhava um dinheirinho
Dava pra pagar pelo menos alguma coisa
Agora ninguém tem futuro.

"Oi, dona Pat,
Que que tem no fogão?"
Acharam a mãe dela morta semana passada
Só vinte e nove
Disseram que morreu de complicações
Mas é que agora eles dizem isso
Quando alguém se mata
A coitada da mãe dela nunca mais bateu bem depois da enchente
Ouvi falar que ela bebeu desinfetante.

---

* Fema é a Agência Federal de Gestão de Emergências dos Estados Unidos. (N. T.)

Eu não nasci aqui, juro que pegaria tudo e daria no pé
Minha filha é mãe solteira
Quanto mais trabalha menos pode
Não consegue pagar as contas
Nem comprar o uniforme da escola pra filha
Nem a roupa da formatura
Me sinto mal
Mas o que é que vou fazer.

"Oi, dona Pat,
Que que tem no fogão?"
Essa é a minha amiga Mary.
Às vezes ela me ajuda na cozinha
Acho que é porque distrai a cabeça
Hoje a gente vai fazer sanduíche pro
Pessoal chegando lá na segunda fila
Vão acabar com a minha amiga
De tanto que tentam expulsar a Mary
Falam que é ajuste de combustível. Cobram uma
 fortuna todo mês. Mas ela não tem gás.
 Eles arrancaram o medidor.

Meu marido trabalha de pedreiro
Agora não tem mais tanto serviço
Ou é a chuva ou tanta gente que veio trabalhar de graça
De outra cidade.
Ele fica segurando uma placa torta o dia todo e vende nozes,
Um dólar o pacote
Ele virou outra pessoa

O homem que ele era sumiu

Boa parte dos taxistas não trazem gente pra nossa rua
Falam que podem levar tiro ou acabar morrendo
Aí fico pensando nesse caso o que é que eu sou
Uma pessoa à prova de balas ou alguém que já morreu.

"Oi, dona Pat,
Que que tem no fogão?"
É o meu pastor
Ele quer sopa *yakamein*
Macarrão cebolinha carne molho de soja e ovo
A mulher dele não sabe fazer
E nunca que vai aprender
Gosto de ver o meu pastor de barriga cheia
Aí ele prega com mais fé ainda

A gente arrumou o telhado da nossa igrejinha
A gente arrumou o assoalho
Meu pastor diz que a gente vai dar um jeito
Ele diz que tudo isso vai deixar a gente melhor ainda.

"Oi, dona Pat,
Que que tem no fogão?"
Tem hora que ouço ela me chamando
Louca resmungando na porta
Dona Ruby que tinha oitenta e dois e raspava o prato
	quando eu fazia camarão assado
Eu não tava nem aí porque ela era magra feito um palito
Ela não queria ir pra lugar nenhum

Ficou muito tempo lá no telhado
A água levou
Mas ela tá aqui
Igual ao resto
Chamando no meu portão
Oi, dona Pat,
Dona Pat,
Tô com fome
Tô tentando voltar pra casa.

Se você me chama no portão, tá bom
Eu te arranjo um pouco de comida
Tô cozinhando um remédio
Tô cozinhando uma revolta da grande
Tô cozinhando um dique que aguente
E um governo que tome uma atitude
Tô pondo água e sal e
Uma pitada de raiva
Tô cozinhando mágoa
E família.
Tô cozinhando *gumbo okra jambalaya mac and cheese* rosbife
e resistência
Tô cozinhando meu tempero e meus antepassados
E o direito e o jeito de ficar aqui no meu canto
Tô cozinhando
Ah, tô cozinhando
Tô cozinhando.

Não aguento mais

Não aguento mais estupro.
Não aguento mais estupro acontecendo em plena luz do dia.
Não aguento mais a cultura do estupro, a mentalidade do estupro.
Não aguento mais páginas de Facebook dedicadas ao estupro.
Não aguento mais milhares de pessoas que curtiram essas páginas com seus nomes reais sem vergonha nenhuma.

Não aguento mais pessoas que exigem seu direito de participar de páginas de estupro dizendo que é liberdade de expressão
ou que era só brincadeira.
Não aguento mais escutar que não tenho senso de humor, que mulheres não têm senso de humor, quando a maioria das mulheres que conheço é engraçada pra caralho. Só não achamos que um pênis

indesejado enfiado no nosso ânus ou na nossa vagina seja motivo de risada.

Não aguento mais a eternidade que leva para que as pessoas tenham alguma reação sobre o assunto.

Não aguento mais as centenas de milhares de mulheres no Congo que ainda esperam que o estupro chegue ao fim
e que os estupradores sejam responsabilizados.

Não aguento mais os milhares de mulheres na Bósnia, Myanmar, Paquistão, África do Sul, Guatemala, Serra Leoa, Haiti, Afeganistão, Líbia, pode
escolher um lugar, que elas ainda esperam por justiça.

Não aguento mais estupro acontecendo em plena luz do dia.

Não aguento mais as clínicas de estupro no Equador, que capturaram, estupraram e torturaram lésbicas
para torná-las hétero.

Não aguento mais o fato de uma em cada três mulheres no Exército dos Estados Unidos ser estuprada por aqueles que chamam
de "colegas".

Não aguento mais as forças que negam às mulheres que foram estupradas o direito de fazer um aborto.

Não aguento mais os alunos membros de fraternidades da Universidade de
Vermont votando em quem eles mais gostariam de estuprar.

Não aguento mais vítimas de estupro sendo estupradas de novo
quando vão a público.

Não aguento mais ver mulheres desnutridas da Somália sendo
estupradas no campo de refugiados de Dadaab, no
Quênia, e não
aguento mais ver mulheres sendo estupradas por
membros do
Occupy Wall Street e ficando em silêncio porque
decidiram proteger um movimento que luta contra
a destruição e o estupro da economia e do planeta,
como se
o estupro de seus corpos fosse um assunto
à parte.

Não aguento mais mulheres que ainda mantêm o estupro
em segredo porque são levadas a acreditar que a culpa
é delas.

Não aguento mais que a violência contra a mulher não seja
uma
prioridade internacional quando uma em cada três
mulheres será estuprada ou espancada ao longo da
vida — a destruição e o silenciamento e a humilhação
de mulheres são a destruição da própria
vida.

Se não tem mulher, não tem futuro, ora.

Não aguento mais essa cultura do estupro em que aqueles com
   privilégios políticos, físicos e econômicos podem
   tomar posse do que e de quem quiserem, quando
   quiserem, o quanto quiserem e a qualquer
   momento que quiserem.

Não aguento mais o renascimento infinito das carreiras
   de estupradores e exploradores sexuais — diretores
   de cinema, líderes mundiais, executivos,
   atores, atletas — enquanto as vidas
   daquelas que eles violaram são destruídas
   de forma permanente, e tantas mulheres são forçadas
   a viver num exílio social e emocional.

Não aguento mais a passividade dos homens bons. Cadê
   vocês, merda?
Vocês vivem com a gente, transam com a gente, nos têm como
   filhas, amigas, irmãs, são nutridos, criados e
   eternamente amados
   por nós, e como não lutam do nosso lado? Por que
   não vão à loucura e tomam uma atitude contra
   nosso estupro e nossa humilhação?

Não aguento mais todos esses anos em que eu já não
aguentava mais estupro

e não aguentava pensar sobre estupro todos os dias da
minha vida
   desde os cinco anos de idade

e ficar com nojo do estupro e deprimida por causa
do estupro e com raiva por causa do estupro
e abrir minha caixa de e-mails absurdamente lotada de histórias
de terror de estupro todas as horas de todos os
dias.

Não aguento mais ser educada a respeito do estupro. Já faz tempo demais, fomos compreensivas demais.

Precisamos que as pessoas tentem imaginar de verdade — de uma vez por todas — como é ter seu corpo invadido, sua mente despedaçada, sua alma estilhaçada.

Precisamos levar o movimento Ocuppy Rape a todas as escolas, parques, rádios, emissoras de TV, casas, empresas, fábricas, campos de refugiados, bases militares, quartos dos fundos, casas noturnas, becos escuros, tribunais, sedes das Nações Unidas.

Porque não aguentamos mais.

Minha revolução começa no corpo
Para as mulheres de Tondo, Filipinas

Minha revolução começa no corpo
Já cansou de esperar
Minha revolução não precisa de aprovação, nem permissão
Acontece porque precisa acontecer em cada
    vizinhança, vilarejo, cidade ou bairro
Em encontros de tribos, colegas de escola, mulheres no
    mercado, no ônibus
Pode ser gradativa e sutil
Pode ser espontânea e gutural
Pode ser que já esteja acontecendo
Pode aparecer no seu armário, suas gavetas,
    sua barriga, suas pernas, suas células se multiplicando
Na boca nua dos mamilos duros e seios transbordando
Minha revolução está inchada graças à batida
    insaciável que tenho entre as pernas

Minha revolução morreria pela causa
Minha revolução sonha alto
Minha revolução vai dar um golpe no Estado
mental chamado patriarcado
Minha revolução não será coreografada
Embora comece com passos já conhecidos
Minha revolução não é violenta, mas não se esquiva
dos cantos perigosos onde demonstrações
poderosas de resistência tropeçam numa
coisa nova

Minha revolução está neste corpo
Neste quadril quebrado pela misoginia
Nesta mandíbula emudecida pelo arame da fome e da atrocidade
Minha revolução é
Contato, não consumo
Paixão, não produto
Orgasmo, não ódio
Minha revolução é da terra e é dela que vem
Por ela, graças a ela
Ela sabe que toda vez que escavamos ou abrimos
Ou queimamos ou violamos as camadas de seu sagrado
Violamos a alma do nosso futuro
Minha revolução não tem vergonha de levar meu corpo ao
    chão
À lama que também é dela
Figueira, cipreste, pinheiro, chama amarela, carvalho, castanheira, amoreira,
Pau-brasil, plátano,

Me curvar sem culpa diante do amarelo absurdo dos pássaros e
 dos céus rosa-azulados no fim da tarde, buganvília roxa
 e turquesa de encher o coração
Minha revolução tem orgulho de beijar os pés das mães,
 enfermeiras, empregadas, faxineiras e
 babás
E curandeiras e todas que são vida e dão a vida
Minha revolução está de joelhos
Eu estou de joelhos por toda coisa que é sagrada
E por todas que carregam fardos produzidos em massa
Dentro e sobre suas cabeças e costas e
Corações
Minha revolução exige entrega
Busca o original
Depende das revoltadas, anarquistas, poetas,
 xamãs, videntes, apaixonadas por sexo
Viajantes místicas, equilibristas e todas que sempre vão longe
 demais e sentem
Intensamente
Minha revolução chega sem avisar
Não é ingênua, mas acredita em milagres
Não pode ser categorizada, rotulada, nomeada
E nem encontrada
Traz profecia, não prescrição
É feita de mistério e êxtase
Pede atenção
Não é centralizada, embora todas nós saibamos aonde vamos
Acontece aos poucos e de uma vez só
Acontece onde você mora e em todo lugar
Entende que divisões são desvios

Requer que você fique em silêncio e olhe bem fundo nos
    meus olhos
Pode fazer
Amor.

DE REPENTE COMEÇAMOS A PULAR

No sonho ele vem
E senta de frente pra mim
Numa coisa que parece uma mesa
Mas tem uma constelação de estrelas
pintadas na parte de cima
Ele veio com aquele velho casaco amarelo
Que antes só usava pra ficar em casa
E parece um pouco agitado
Mais velho do que eu lembrava
E triste
Muito triste
Lembro dessa tristeza
Eu vivia nessa tristeza
Como uma névoa
Como um vírus
Dei meu corpo pra ele
Pra levar a tristeza pra longe
Ele levou meu corpo para tentar triturar a tristeza

E quando deixou de fazer efeito
Ele me deixou tão triste quanto ele.

Mas aqui, agora, na mesa de estrelas
E a galáxia cadente que parece
Ganhar vida no meio da gente
Não tenho dúvida de que essa tristeza é só dele
E não me mexo
Pra longe nem pra frente
Estou estranhamente confiante
Levanto os olhos e percebo
Que há um imenso círculo
De milhares talvez milhões
De pessoas sentadas à nossa volta
E estamos numa coisa que parece
uma arena
e as pessoas são pacientes e esperam calmamente
algumas das mulheres tricotam acessórios de cozinha e outras,
 bandeiras vermelhas
alguns dos homens se debruçam pra frente nas cadeiras
e fumam cigarros
alguns usam chapéus bizarros
quase como se fossem palhaços
não são o tipo de gente
com quem meu pai falaria
e elas têm consciência disso
mas não são más pessoas
meu pai de repente fica irritado
bravo do jeito que ele sempre ficava
muito bravo, sem paciência, e diz com uma cara feia:

"O que você tá querendo?"
Ele parece tão pequeno e tão frágil
Eu sei que minha missão não é salvá-lo
E de repente esse silêncio
desce
uma jarra de líquido
de luz
à nossa volta
nos envolve, nos contém
e do nada
um coágulo, um coágulo de sangue sujo transparente
cheio de sons cortantes e restos de crueldade
    (punhos, tesouras, lâminas, palavras como
    "idiota", "odeio", "você nunca vai..." etc.)
começa a sair de mim
do meu corpo todo
derrama pra fora de mim
e se acumula
num coágulo imenso
que flutua como uma nuvem carregada de chuva
e fica suspensa sobre a cabeça do meu pai
como se esperasse alguma coisa
e meu pai para e pensa
olha pra cima
e então simplesmente abre a boca
tão fácil, tão simples
e recebe meu rio de
dor, engole tudo
e então a audiência aplaude
aplaude com força e canta

e dança
Não consigo tirar os olhos dele
Meu pai fica tão cheio
as bochechas inchadas e vermelhas
parece que vai explodir
que não aguenta nem mais uma gota
e aí umas lágrimas vermelhas começam a
escorrer pelas bochechas do meu pai
Fico um pouco assustada — parece que ele está chorando sangue
Mas as pessoas continuam batendo palmas
Estão empolgadas
E tudo fica assim por um tempo
Meu pai não para de chorar suas lágrimas vermelho-sangue
E enquanto olho porque não paro de olhar pra ele
Meu pai de repente vira um menino
e não está triste
é lindo e esperto e brincalhão
e me pega pela mão
e me leva para o centro
da arena, que agora
virou um campo com mato bem alto que faz cócegas
e balança com um vento quase exagerado
e do nada começamos a pular sem parar
pular feito loucos
não acredito na altura dos nossos pulos
A Terra é um trampolim e não tenho medo
de pular cada vez mais alto

Quando acordo eu penso
Ah, então é isso. Isso é Justiça.

V-Day

FALE MAIS ALTO, LEVE AOS PALCOS: VINTE ANOS DO V-DAY

SUSAN CELIA SWAN, DIRETORA EXECUTIVA DO V-DAY
PURVA PANDAY CULLMAN, DIRETORA DE PROGRAMAS DA TERCEIRA IDADE DO V-DAY

VINTE ANOS ATRÁS, a peça *Os monólogos da vagina*, de Eve Ensler, deu à luz o V-Day, um movimento de ativismo global pelo fim da violência contra mulheres e meninas. Tanto a peça quanto a autora roubaram a cena, conquistando as primeiras páginas dos jornais e críticas entusiasmadas, lotando os teatros noite após noite, quebrando tabus, abrindo espaços de diálogo que antes não existiam e rompendo o silêncio que envolve as experiências femininas relacionadas à sexualidade e à violência. O caminho se abriu. Em 2006, o *The New York Times* definiu *Os monólogos da vagina* como "provavelmente a mais importante obra política de dramaturgia da última década", e desde então a peça e Eve ganharam diversos prêmios, como o Obie e o Tony.

A coragem da peça — enraizada nas experiências das mais de duzentas mulheres que Eve entrevistou — conseguiu atravessar as camadas de repressão, negação, silêncio, vergonha e baixa autoestima impostas pela violência sexual e de gênero. Com seu humor e empatia, esse conteúdo foi, para muita gente, um despertar. A energia que tomou conta do entorno da peça levou à criação do V-Day, um movimento no qual, todos os anos, pessoas ao redor do mundo produzem apresentações beneficentes de *Os monólogos da vagina*, campanhas e trabalhos artísticos para arrecadar doações e divulgar causas de mulheres e grupos de ativistas que lutam pelo fim da violência contra mulheres — cisgêneros, transgênero e não binárias.

O V-Day cresceu rapidamente e se tornou um grande movimento presente em todos os continentes. Tornou-se um catalisador crucial na luta global para acabar com a violência de gênero, atacando o silêncio — público e privado —, que permite que a violência contra a mulher continue a acontecer, e chamando atenção para questões como abuso, estupro, agressão física, incesto, mutilação genital e escravidão sexual.

As ativistas do V-Day trabalharam exaustivamente com as comunidades para combater a cultura do estupro — muitas vezes deparando-se com uma resistência misógina profunda. O movimento V-Day já arrecadou mais de 100 milhões de dólares para construir abrigos, salvar vidas, mudar leis e manter centros de apoio a vítimas de estupro, abrigos a vítimas de violência doméstica e grupos de ativistas que realizam o trabalho fundamental de lutar contra a violência por meio do atendimento às sobreviventes e suas famílias. Conectadas mundialmente pelo movimento e pela peça, as ativistas do V-Day uniram arte e ativismo de um jeito nunca antes visto.

A cada encenação, *Os monólogos da vagina* nos lembra que aquilo que faz parte do âmbito pessoal é também um ato político, e que o diálogo pode ser uma forma de resistência. Embora as fontes de violência sejam diversas, as sobreviventes relatam desafios semelhantes. Além da dor e da força que ficam visíveis em suas histórias de sobrevivência, também notamos a repetição de alguns temas: a indiferença das autoridades; a negação e o segredo em família; a ausência de uma reação pública sobre a violência que mais de 1 bilhão de mulheres e meninas vivenciam; a negligência gritante que as mulheres menos privilegiadas enfrentam; e a prevalência e a normalização da cultura do estupro.

Neste exato momento, uma guerra contra as mulheres está em curso, e *Os monólogos da vagina* é mais relevante do que nunca. Relatórios recentes da Organização Mundial da Saúde, do Centro de Prevenção e Controle de Doenças e das Nações Unidas confirmam que uma em cada três mulheres do planeta serão vítimas de violência física e sexual ao longo de suas vidas. São mais de *um bilhão* de mulheres.* O governo do presidente dos Estados Unidos, Donald Trump, traz uma lei da mordaça mundial que estimula o abuso das mu-

---

* ONU Mulheres, "Facts and Figures: Ending Violence Against Women". Disponível em: <http://www.unwomen.org/en/what-we-do/ending-violence-against-women/facts-and-figures>.

lheres, e que vai, de acordo com a Coalizão Internacional em prol da Saúde da Mulher, "reverter décadas de progresso da saúde reprodutiva, maternal e infantil e levar a um aumento de gestações indesejadas, abortos de alto risco e mortes de mães e bebês no mundo todo".* Gestações indesejadas contribuirão para o casamento infantil e o estupro de menores, somando-se ao contexto de desigualdade no qual tantas mulheres e meninas já vivem.

No âmbito da educação, meninas também estão ficando para trás. Os estigmas culturais e a pobreza tornam a escola inacessível para muitas delas, enquanto as que têm acesso à educação — do berçário até a universidade — enfrentam assédio e abuso. Converse com as estudantes hoje mesmo, e elas mencionarão casos recentes de abuso no ambiente escolar e falarão da impunidade e da desigualdade que imperam nos sistemas de justiça aos quais têm acesso.**

A instabilidade política e o conflito armado — fomentado por forças religiosas, étnicas, nacionalistas e econômicas — intensificam ainda mais o risco de que violências como o estupro, o espancamento e a escravidão sexual sejam usadas como armas de guerra. Ao mesmo tempo, a discriminação contra imigrantes, o preconceito racial, a

---

* International Women's Health Coalition, "The Global Gag Rule: Trump's Week One Attack on Women", 24 jan. 2017. Disponível em: <https://iwhc.org/2017/01/global-gag-rule-trumps-week-one-attack-women/>.
** Jacqueline Williams, "Alarming Levels of Sexual Violence Found on Australian Campuses, Report Says", *The New York Times*, 31 jul. 2017. Disponível em: <https://www.nytimes.com/2017/07/31/world/australia/shocking-levels-of-sexual-violence-found-on-australian-campuses-report-says.html>.

transfobia e a homofobia, assim como a desigualdade econômica, limitam mulheres a condições de trabalho inadequadas, nas quais, muitas vezes, precisam encarar a violência como parte do trabalho. O desequilíbrio climático do planeta também cria uma sensação de insegurança, e são as mulheres que ficam vulneráveis ao estupro e à violência após tempestades e catástrofes naturais cada vez mais intensas.* Seja lidando com assédio, abuso ou condições instáveis, não é raro que mulheres se vejam presas a essas situações porque precisam sobreviver e garantir a sobrevivência de suas famílias.

O trabalho global do V-Day nos mostrou que, em meio a grandes traumas, há grandes possibilidades. Apesar da tendência que as comunidades e as famílias têm de negar a existência da violência, mulheres e meninas sobrevivem ao inimaginável e milagrosamente encontram formas de seguir em frente, muitas vezes com pouco ou nenhum apoio. Embora vivamos tempos incertos, o V-Day acredita que a transformação cultural mundial que pode ajudar a acabar com a violência contra a menina e a mulher — e abordar problemas interconectados de raça, classe e gênero — está ao nosso alcance. Para que essa transformação aconteça, é essencial reformular o diálogo a respeito da violência de gênero. O V-Day começou com as histórias das mulheres, suas experiências e seu desejo de acabar com a violência e conquistar a liberdade sexual. Acreditamos que, se ouvirmos

* Stella Paul, "How Climate Change Is Fueling Violence Against Women", Huffpost, 20 maio 2016. Disponível em: <https://www.huffingtonpost.com/entry/climate-change-threat-women-health-security_us_573f5850e4b045cc9a70ecf3>.

as mulheres, discutirmos o impacto da cultura do estupro e empregarmos um paradigma interseccional, possamos chegar a uma nova percepção do assunto no mundo inteiro.

Nunca teríamos imaginado o que aconteceu nesses vinte anos de V-Day. Vimos mulheres se tornarem líderes comunitárias e globais depois que produziram *Os monólogos* ou subiram aos palcos para apresentá-los. Presenciamos o cruzamento de questões sociais, econômicas, ambientais e políticas, e entendemos como a violência contra a mulher se conecta profundamente aos desafios globais que hoje atingem nosso planeta. Compreendemos que, inserindo a arte no centro do ativismo, as ativistas do V-Day fortaleceram e levaram adiante um movimento diferente de qualquer outro no mundo.

O V-Day lotou estádios e levou uma obra de dramaturgia subversiva a palcos muito importantes — do Madison Square Garden a performances clandestinas em Islamabad, da escadaria da Assembleia Legislativa do Michigan ao Congresso Nacional de vários países. Angariou apoio e deu visibilidade aos problemas e às desigualdades sistêmicas que impactam profundamente as mulheres e as populações marginalizadas, que historicamente tiveram pouco acesso a recursos e ganharam menos atenção ainda. Esses problemas variam radicalmente, da violência desenfreada contra mulheres nativo americanas dos Estados Unidos e do Canadá, passando pela violência sexual brutal na República Democrática do Congo, até a violência policial e o abuso sofrido por mulheres afro-americanas nos Estados Unidos. O movimento apoiou e criou abrigos — espaços de comunidade e transformação verdadeira — ao redor do mundo, do Afeganistão ao Quênia, e ganhou as ruas, exigindo um basta a todas as formas de violência, de Juárez a Nova Orleans e Manila. Inspirou mulheres e homens a agirem com solidariedade de Havana a Zagreb, seja nos campi universitários, dentro de instituições religiosas e governamentais, enfim, nos lugares mais inesperados. Uniu ativistas, que pensaram em conjunto em momentos críticos, no despertar de desastres naturais e guerras. E sempre retornou às nossas raízes — a arte —, usando dança, cinema, fotografia, música e, claro, teatro para tocar as pessoas de forma profunda.

Eve Ensler deu à luz o movimento com a escrita de *Os monólogos da vagina*, e assim criou um palco para líderes comunitárias, que se apropriam do conteúdo da peça e criam movimentos locais sintonizados com uma comunidade e uma visão global. As líderes comunitárias do V-Day decidem como abordar a violência em seus lares, comunidades e instituições. Essas mulheres comparecem ano após ano para trabalhar na árdua missão de acabar com a violência, trilhando seus próprios caminhos.

Hoje o V-Day é a prova de que mudanças sociais e culturais duradouras são obra de pessoas comuns que fazem coisas extraordinárias. De que as mulheres que vivem numa comunidade é que sabem do que as pessoas precisam. E de como a dimensão coletiva da arte tem o poder de transformar o pensamento e levar as pessoas à ação, criando um estímulo surpreendente e revolucionário.

O V-Day segue em frente de forma celular, no coração e no pensamento das pessoas. Ganha força dentro da comunidade, nas ações individuais e coletivas. É uma energia em si mesma, não pode ser comandada por uma só pessoa — é um catalisador, um movimento, um experimento contínuo, um mistério maravilhoso que só a arte poderia criar.

HISTÓRIA V
O V de V-Day significa "vitória", "valentine" (namorado/a, em inglês) e "vagina". A ação do V-Day é fundamentada em quatro crenças essenciais:

1. A arte tem o poder de transformar o pensamento e inspirar as pessoas a agirem.
2. Transformações sociais e culturais são iniciadas por pessoas comuns que fazem coisas incomuns.
3. Mulheres que vivem numa comunidade conhecem as necessidades de seus membros e podem se tornar líderes incríveis.
4. Para de fato compreender a violência contra a mulher, precisamos observar as interseções de classe, desastres ambientais, gênero, imperialismo, militarismo, patriarcado, pobreza, racismo e guerra.

As atividades do V-Day são idealizadas para combater o silêncio — público e privado — que permite que a violência contra a mulher continue a acontecer. O V-Day cria um caminho para a ação por meio de apresentações de *Os monólogos da vagina* e de outros trabalhos de autoria e curadoria de Eve Ensler e do V-Day (incluindo *Any One of Us: Words from Prison; A Memory, Monologue, a Rant, and a Prayer; I Am an Emotional Creature;* e *Swimming Upstream*). Quase todos os anos, a partir de 2002, Eve escreveu um monólogo Spotlight inédito para abordar questões atuais que afetam mulheres, atualizando o roteiro do V-Day ao longo do tempo.

Com sua visão e criatividade, as ativistas do V-Day aumentam a conscientização ao redor do mundo e angariam fundos para combater a violência contra mulheres e meninas em suas comunidades e mundialmente. Eventos do V-Day já foram realizados em todos os cinquenta estados norte-americanos e em mais de duzentos países e territórios. Desde 1998, milhares e milhares de performances beneficentes do V-Day foram produzidas por ativistas voluntárias nos Estados Unidos e no mundo.

As performances são só o começo. O V-Day organiza arrecadações grandiosas e realiza encontros, exibição de filmes e campanhas inovadoras para educar o público e ajudar a mudar comportamentos relacionados à violência contra a mulher. Em vinte anos, o movimento V-Day, uma organização sem fins lucrativos, arrecadou mais de 100 milhões de dólares, conscientizou milhões de pessoas a respeito da violência contra a mulher e das ações para combatê-la, elaborou ações midiáticas internacionais, campanhas educativas e anúncios de serviço público, e patrocinou mais de 13 mil programas antiviolência comunitários e abrigos no Afeganistão, Congo, Iraque e Quênia. De lá para cá, *Os monólogos da vagina* foi traduzido em mais de 48 idiomas e em braille, e apresentado por mulheres das mais diversas origens.

Por fim, o V-Day deu origem a outro movimento social: One Billion Rising. Todo dia 14 de fevereiro, convidamos esse um bilhão de mulheres que já vivenciaram violência — e qualquer pessoa que queira mostrar solidariedade a elas — para virem a público juntas, num movimento em que a dança é um caminho de recuperação do corpo e o ativismo político, de recuperação da sociedade. Queremos mostrar às nossas comunidades e ao mundo o que é um bilhão e lançar luz sobre a impunidade e a injustiça gritantes que essas sobreviventes enfrentam. Nos unimos através da dança para expressar alegria e comunhão, e celebrar o fato de não termos nos deixado vencer pela violência. Nos unimos para mostrar que estamos determinadas a criar uma nova consciência, na qual a violência será combatida até se tornar impensável. Nos unimos para imaginar e criar um novo mundo.

O COMEÇO DE TUDO

Em 1994, em Nova York, Eve Ensler, dramaturga, performer e ativista, escreveu uma peça ficcional honesta, trágica e bem-humorada com base nas mais de duzentas entrevistas que havia realizado com um grupo diverso de mulheres. A peça, Os monólogos da vagina, estreou em 1996, tendo como intérprete a própria Eve, e conquistou um sucesso instantâneo, chegando à lotação máxima em todas as apresentações. Eve se apresentou por seis meses em Nova York e em seguida deu início a uma turnê.* No fim de cada

---

* Depois das apresentações de Eve, a peça seguiu por mais quatro anos e meio no circuito off-Broadway, com três atrizes interpretando Os monólogos todas as noites. Para que as mulheres no palco representassem a diversidade das histórias e a universalidade das questões femininas, Eve fez uma exigência contratual para que os produtores contratassem atrizes de diversas raças. Eve e os produtores também fizeram um acordo para que cinco dólares do valor de cada ingresso fossem doados para o V-Day, o que garantiu recursos decisivos para o início das atividades do movimento.

performance, era recebida por um sem-número de mulheres que compartilhavam as próprias histórias de superação da violência nas mãos de familiares, amantes e desconhecidos. Impactada pelo grande número de mulheres e meninas que tinham vivido histórias de agressão, e decidida a tomar uma atitude, Eve começou a ver *Os monólogos da vagina* como algo além de um trabalho artístico provocativo. A peça também podia ser um mecanismo que levasse as pessoas a lutarem contra a violência.

Ao lado de um grupo de voluntárias de Nova York, Eve fundou o V-Day no Dia dos Namorados de 1998. A primeira edição foi marcada por uma performance beneficente, e rapidamente esgotada, de *Os monólogos da vagina* no Hammerstein Ballroom, em Nova York. Em apenas uma noite foram arrecadados 250 mil dólares, e assim o movimento V-Day veio ao mundo. Três anos depois, em 10 de fevereiro de 2001, outra performance beneficente de *Os monólogos da vagina* lotou 18 mil lugares no Madison Square Garden, arrecadando um milhão de dólares. O mundo tinha entendido o recado.

UM MOVIMENTO NOS CAMPI

Houve um aumento do interesse pela peça nas universidades dos Estados Unidos e, em 1999, o movimento V-Day lançou sua campanha universitária, que convidava grupos de estudantes a produzirem performances beneficentes de *Os monólogos da vagina*. Milhares de ativistas surgiram rapidamente, inspirados pela peça e pela missão: jovens, tanto mulheres quanto homens, que se viram incumbidos do papel de unir as pessoas em nome de uma causa, informar a imprensa e outros grupos sobre seus eventos e liderar equipes em campanhas de conscientização e arrecadação. Só naquele primeiro ano, foram 65 produções universitárias no V-Day. Assim como na produção off-Broadway, o V-Day deu sinal verde para que essas produções estimulassem a diversidade tanto na escolha de elenco quanto de membros da produção, e também, nesse espírito inclusivo, pediu para que nenhum voluntário fosse rejeitado. Nos anos seguintes a campanha cresceu sem parar, e em 2007 mais de setecentas universidades já haviam se registrado para participar.

Ao longo dos anos, a campanha universitária teve um papel relevante na construção de comunidades antiviolência nos campi, unindo mulheres e homens engajados, conscientes e empoderados, dispostos a tomar uma atitude contra a violência. Esses ativistas levaram projetos e atividades contínuos a suas comunidades acadêmicas, incluindo festivais anuais, zonas livres de violência e 24 horas de debates contra o estupro. Alunos da Universidade do Estado do Arizona arrecadaram 15 mil dólares para inaugurar o Home Safe, um projeto de prevenção e conscientização sobre a violência sexual no ambiente universitário. Já o Safer (sigla em inglês para Estudantes em Ação pelo Fim do Estupro), criado por meio de atividades do V-Day no campus da Universidade Columbia, ajudou os alunos a mudarem políticas relacionadas à prevenção e denúncia de casos de estupro em universidades de todo os Estados Unidos.

Em 2008, o trabalho do V-Day no combate à violência sexual nas universidades levou à criação, em parceria com o Safer, do Campus Accountability Project (Projeto de Responsabilidade no Campus), que, por sua vez, contribuiu para a consolidação do Ato de Responsabilidade e Segurança no Campus, realizado pelas senadoras Kirsten Gillibrand e Claire McCaskill em julho de 2014. Em muitos sentidos, a campanha universitária mudou a visão de uma nova geração de homens e mulheres jovens a respeito do ativismo social. Não são raros os jovens recém-graduados que incluem o V-Day em seus perfis do Facebook ou do LinkedIn e em seus currículos. Fazer parte do movimento é um compromisso vitalício com a busca da justiça para mulheres e meninas do mundo todo.

Ganhando o mundo

Com a recém-conquistada popularidade da campanha universitária, a propaganda boca a boca levou o V-Day a ativistas locais e grupos de teatro e de ativismo contra a violência. Por conta disso, em 2001, a Campanha Global* começou a ganhar forma. Assim como os estudantes universitários, comunidades ao redor do mundo organizam performances beneficentes de *Os monólogo da vagina*. Dos 41 eventos realizados em 2001 às centenas de eventos anuais que temos hoje, a campanha ganha vida todos os anos graças ao comprometimento e ao talento incomparáveis dos ativistas comunitários.

Doações arrecadadas pelos organizadores das campanhas comunitárias já impediram o fechamento de centros de apoio a vítimas de estupro e de muitas outras organizações que trabalham no combate à violência contra a mulher, ajudaram esses projetos a expandir seus serviços e tiveram impacto positivo no cenário judicial para mulheres. Eis alguns exemplos:

* A Campanha Global hoje é conhecida como Campanha Comunitária.

- Em 2003, a verba arrecadada em uma performance de *Os monólogos da vagina* em Nairóbi, Quênia, ajudou a reabrir um abrigo de mulheres que havia sido fechado por falta de recursos.
- Na zona rural de Bornéu, o ativismo do V-Day contribuiu para que casos de estupro hoje sejam levados ao tribunal civil, em vez do "tribunal nativo", e assim os direitos das sobreviventes são tratados com mais seriedade.
- Em 2013, em Manila, eventos do V-Day produzidos pela New Voice Company,* por mulheres congressistas e representantes da Assembleia Legislativa e do Senado das Filipinas levaram à implantação de leis cruciais para combater a violência doméstica e o tráfico sexual.
- Em 2007, a Assembleia Legislativa dos Estados Unidos aprovou uma medida muito aguardada que reivindica que o Japão faça um pedido de desculpas oficial para as "mulheres de conforto", um termo que se refere a um número estimado entre 50 mil e 200 mil meninas e jovens mulheres da China, Taiwan, Coreia, Filipinas, Indonésia, Malásia, Holanda e Timor-Leste que foram raptadas e condenadas à escravidão sexual a serviço das Forças Armadas japonesas nas "estações de conforto", de 1932 a 1945.
- Em 2016, duas jovens fundadoras de um grupo chamado Mightee Shero Productions idealizaram e pro-

---

* Companhia de teatro formada pela atriz e diretora Monique Wilson em 1994, que produz espetáculos inovadores e socialmente engajados. (N. E.)

duziram uma turnê de apresentações de *Os monólogos da vagina* em instituições correcionais da cidade de Nova York. Um elenco de ex-detentas, administradoras de presídios, atrizes e ativistas viajaram para cinco dessas instituições para levar conscientização e apoio para as detentas, num processo que culminou com um evento beneficente cuja arrecadação foi revertida à Women's Prison Organization [Organização de Mulheres na Prisão].

- No mesmo ano, ativistas de Kampala conseguiram realizar sua primeira produção bem-sucedida de *Os monólogos da vagina* em Uganda, depois de várias tentativas proibidas desde 2005. Os valores arrecadados foram doados ao Mifumi, um grupo que luta pelo fim da prática dos dotes de casamento e da violência doméstica em comunidades rurais.

Sob os holofotes

Em 2001, trabalhando em conjunto e sob o comando de ativistas que atuavam *in loco* no Afeganistão, o V-Day lançou uma campanha chamada Afghanistan Is Everywhere [O Afeganistão é todo lugar]. Essa iniciativa levou a organizadores do mundo inteiro notícias atualizadas sobre a experiência das mulheres no Afeganistão da era Talibã, que eram compartilhadas em eventos para educar e engajar uma imensa rede de comunidades e audiências. Após cada evento, 10% do valor arrecadado — o que totalizou mais de 250 mil dólares — era doado para grupos de mulheres afegãs, que assim puderam fundar escolas e orfanatos e oferecer acesso à educação e à saúde.

O sucesso dessa empreitada abriu caminho para a campanha V-Day Spotlight anual. Depois de Afghanistan Is Everywhere, as campanhas Spotlight se dedicaram às Mulheres Nativo Americanas e das Primeiras Nações; Mulheres Desaparecidas e Assassinadas de Juárez, México; Mulheres do Iraque; Campanha pela Justiça para as Mulheres de Conforto; Mulheres em Zonas de Conflito (incluindo as mulheres do leste do Congo); Mulheres de Nova Orleans e do Sul do Golfo; Mulheres e Meninas do Haiti; Mulheres e Meninas do Congo; One Billion Rising; e Violência contra a Mulher no Ambiente de Trabalho. Juntas, as campanhas arrecadaram centenas de milhares de dólares para as mulheres dessas regiões e tornaram públicas as dificuldades que elas enfrentam.

GUERREIRAS DA VAGINA

As campanhas do V-Day estimulam o empoderamento e a liderança de mulheres que hoje lutam por mudanças nos mais diferentes contextos geográficos, sociais, políticos e religiosos. Em sua essência, a filosofia do movimento defende que ativistas locais liderem o planejamento de atividades nas comunidades em que vivem. É por meio do trabalho dessas ativistas que o V-Day ganha vida ao redor do mundo.

O trabalho do V-Day para acabar com a mutilação genital feminina (MGF) na comunidade Maasai, em Narok, Quênia, só foi possível porque a história de uma das ativistas de Maasai se conectava profundamente com a — e se tornou uma manifestação da — filosofia do V-Day. Agnes Pareyio começou a conscientizar mulheres e meninas a respeito dos perigos da MGF há mais de dezenove anos. A relação de amizade de Agnes com o grupo se transformou numa parceria que, em 2002, trouxe ao mundo o primeiro abrigo do V-Day, comandando por Agnes e sua equipe na Iniciativa Tasaru Ntomonok. Hoje um lugar ao qual as meninas de Narok vão para receber educação e viver sem medo de serem mutiladas, o Abrigo V-Day Para Meninas é um sucesso monumental que inspira líderes mulheres de toda a África a lutarem para combater a mutilação genital feminina em seu continente.

Em Cabul, o V-Day fez uma parceria com ativistas veteranas para apoiar o Centro de Apoio às Capacidades da Mulher por Meio da Educação, que oferece aulas de computação, ciência, inglês e literatura para mulheres em situação de desvantagem econômica que moram na região, muitas das quais vivenciaram violência, casamento forçado e depressão. Buscando combater as décadas de fundamentalismo que destruíram a autonomia feminina no Afeganistão, o Centro, que foi fundado e é comandando por mulheres afegãs, oferece à comunidade um apoio fundamental e informações sobre questões como violência doméstica, direitos da mulher, estupro no casamento, contracepção e gravidez.

Desde 1996, a República Democrática do Congo enfrenta a guerra mais mortal depois da Segunda Guerra Mundial. O conflito — uma guerra por procuração em disputa pelos vastos recursos naturais do Congo — canalizou uma violência desenfreada para o estupro, a mutilação e o assassinato de mulheres. Ativistas que estiveram na região estimam que mais de meio milhão de mulheres e meninas tenham sido estupradas desde o início do conflito.* Além do severo impacto psicológico, a violência sexual e de gênero muitas vezes deixa as sobreviventes com lesões genitais, fístulas decorrentes de trauma, membros amputados e quebrados, gestações indesejadas e doenças sexualmente transmissíveis, incluindo o HIV. É comum que as sobreviventes sejam marginalizadas e abandonadas por suas famílias e pela comunidade. A desigualdade generalizada é só um desafio extra.

Em 2007, Eve foi convidada pelo dr. Denis Mukwege, do Hospital Panzi, para visitar Bukavu, no Leste do Congo, e testemunhar em primeira mão as atrocidades que as mulheres enfrentavam no país. Ele tinha fundado um hospital para oferecer atendimento médico de emergência em meio à guerra, incluindo tratamento e cirurgia para sobreviventes de violência sexual. Foi nessa viagem que Eve conheceu Christine Schuler Deschryver, uma ativista que faz um trabalho incansável em prol dos direitos das mulheres do Congo. Juntas, elas se reuniram com dezenas de sobreviventes. Foram essas mulheres que deram a ideia da criação de um lugar chamado Cidade da Alegria, onde pudessem viver em comunidade para encontrar a cura — e para *transformar a dor em poder*. A partir daí, com o apoio de ativistas do V-Day ao redor do mundo e um grupo de generosos doadores, o sonho virou realidade. Sob a liderança de Christine e em parceria com as sobreviventes, a Cidade da Alegria começou a ser construída em agosto de 2009 na

---

* Kirit Radia e Dana Hughes, "Clinton Visits Most Dangerous Place on Earth to Be a Woman", ABCNews, 11 ago. 2009. Disponível em: <http://abcnews.go.com/Politics/International/story?id=8305857>.

mesma rua do Hospital Panzi. O V-Day inaugurou a Cidade da Alegria em fevereiro de 2011, e a primeira turma de mulheres começou suas atividades em junho do mesmo ano. Desde então, turmas de noventa mulheres, de idades que vão de dezoito a trinta anos, moraram na cidade por períodos de seis meses. No final de 2017, mil mulheres já tinham participado do programa e voltado para suas comunidades transformadas em líderes.

O centro, concebido, organizado e comandado por mulheres e homens do Congo, floresceu desde sua abertura. A Cidade da Alegria é diferente de muitas outras ONGs tradicionais que prestam serviço às comunidades. Não segue um modelo de patrocínio e não vê as mulheres que atende como indivíduos que precisam de salvação. Na verdade, a Cidade da Alegria busca oferecer a essas mulheres a oportunidade de encontrar a cura e canalizar o aprendizado para a comunidade da forma que quiserem. A filosofia da casa é baseada nas seguintes crenças, que também são centrais para o trabalho do V-Day:

- Toda mulher é única e tem valor para a sociedade em que vive, e tem direito de ser tratada com dignidade, respeito, amor e compaixão.
- Mulheres não são "vítimas" irrecuperáveis, são apenas sobreviventes que enfrentaram injustiças e traumas baseados no gênero.
- Cada mulher é capaz de estimular a própria capacidade de recuperação e cura e se tornar uma líder empoderada e transformacional.
- Renascer é possível.

A Cidade da Alegria faz parte do revolucionário projeto Guerreira da Vagina que trabalha para oferecer uma comunidade segura e capacitadora para sobreviventes de violência de gênero que demonstram habilidade para a liderança. Suas prioridades são curar traumas, fortalecer a autoestima e as habilidades, e preparar líderes. Ao longo de sua estada, as mulheres participam de uma vasta gama de atividades. Do treinamento de liderança sobre direitos da mulher, sistema judiciário, ativismo comunitário, mídia e comunicação, ao atendimento psicossocial especializado, massagem, autodefesa e educação sexual, o centro prepara as mulheres não só para terem confiança na sua reintegração em suas comunidades, mas também para liderarem. As mulheres concluem o programa alfabetizadas e capazes de entender a língua inglesa, munidas de conhecimento sobre educação física, culinária, teatro, dança, artes manuais, agricultura com prática no local e treinamento agropastoral na Fazenda V-World, o projeto-irmão do centro. No centro tecnológico, aprendem computação e se tornam mais preparadas para os ambientes de trabalho atuais.

 As mulheres que deixam a Cidade da Alegria têm a oportunidade de se recuperar de suas feridas emocionais, viver numa comunidade, conhecer seu próprio potencial de liderança e adquirir capacidades valiosas que podem ser aplicadas em suas rotinas, projetos futuros e envolvimento com a vida cívica. A transformação é surpreendente. Numa sociedade que costuma rejeitar as mulheres que sobrevivem à violência, é extraordinário ver um grupo de mulheres tão empoderadas e determinadas.

Ex-alunas voltaram às suas comunidades transformadas em líderes e compartilharam os conhecimentos e as capacidades que aprenderam na Cidade da Alegria com seus colegas e familiares, fundaram ONGS, como orfanatos e abrigos de idosos, abriram suas próprias microempresas, trabalharam com a comunidade, atuaram como jornalistas e agricultoras, e voltaram a frequentar a escola para dar continuidade à sua formação.

Numa reportagem da *Time* sobre estupro, intitulada "The Secret War Crime" [O crime de guerra secreto], a sobrevivente, ex-aluna da Cidade da Alegria e agora jornalista da revista, Jane Mukunilwa, foi entrevistada sobre o projeto:

> A terapia, conta Mukunilwa, faz com que as mulheres entendam que o estupro não foi culpa delas. Os conhecimentos gerais e o treinamento de liderança lhes dão confiança, enquanto a atmosfera de estímulo possibilita que construam redes de apoio que continuam sólidas muito depois do fim do programa. A ideia é que, na volta para casa, as ex-alunas criem grupos de apoio às mulheres e se tornem líderes de suas comunidades. "As pessoas pensam que, depois de ser estuprada, você é só uma vítima", diz Mukunilwa. "O que a Cidade da Alegria me ensinou é que a vida continua depois do estupro. O estupro não é o fim. Não é uma identidade imutável."*

Talvez mais do que qualquer outro projeto ou campanha, a Cidade da Alegria é um exemplo do que o V-Day significa: comunidade, transformação e amor. É ao mesmo tempo um espaço físico e uma metáfora.

---

* Aryn Baker, "The Secret War: The Most Shameful Consequence of Conflict Comes Out into the Open", *Times*, abr. 2016. Disponível em: <http://time.com/war-and-rape/>.

A EXPANSÃO DO MODELO V-DAY

Enquanto o movimento V-Day crescia, o interesse das comunidades sugeria o potencial de esforços colaborativos do V-Day em locais específicos, e diversos grupos começaram a se inscrever para realizar eventos V-Day nas mesmas cidades. Para uma rodada teste na cidade natal do V-Day, Nova York, Eve e a equipe V-Day planejaram um festival de poesia falada, performances e eventos comunitários que durou duas semanas, em junho de 2006, e foi batizado de Until the Violence Stops: NYC [Até que a violência acabe]. Mais de cem escritores e cinquenta atores disponibilizaram seus talentos para criar quatro eventos especiais. Também foram realizados setenta ações comunitárias que envolveram os ativistas locais em cinco bairros da cidade.

Um dos eventos vespertinos, batizado de *A Memory, a Monologue, a Rant, and a Prayer* [Uma memória, um monólogo, um desabafo e uma oração], levava aos palcos textos inéditos de autores e dramaturgos mundialmente reconhecidos. Esse trabalho foi publicado em livro em maio de 2007.

O festival também contou com uma nova peça chamada *Any One of Us: Words from Prison* [Qualquer uma de nós: Palavras da prisão], uma antologia de escritos de presidiárias que destaca a conexão entre as mulheres que vivem na prisão e suas experiências prévias de violência sexual. Com curadoria de Eve e Kimberlé Crenshaw, uma acadêmica de destaque nos estudos da teoria racial, a peça foi uma extensão do trabalho realizado ao longo dos anos por Eve e o V-Day com mulheres presidiárias. Em 2003, *What I Want My Words to Do to You* [O que quero que minhas palavras façam com você], um filme produzido pela rede de televisão educativa PBS, documentou os laboratórios de escrita conduzidos por Eve com as mulheres da Instituição Correcional de Bedford Hills. O filme ganhou o Prêmio Especial do Júri no Festival de Sundance em 2003, e desde então é transmitido para funcionários e detentos de presídios de todo o país, assim como para o grande público.

Desde a estreia de Until the Violence Stops, em Nova York, o formato do evento se repetiu em Ohio, Kentucky, Rhode Island, Paris, Los Angeles e Lima, e as duas novas peças foram levadas aos palcos de centenas de comunidades ao redor do mundo. Ativistas do V-Day de vários países também fizeram eventos para apresentar o documentário e, assim, arrecadaram doações para grupos de defesa dos direitos das presidiárias.

Em 2013, o movimento V-Day lançou o projeto One Billion Rising pela Justiça nas Prisões Americanas, em parceria com mulheres presidiárias de vários estados dos Estados Unidos. O projeto incorporou uma abordagem de justiça restaurativa, em vez de punitiva, e trabalhou em prol de uma melhoria nos padrões éticos de tratamento à população carcerária. Além disso, incentivou a discussão sobre questões como o racismo, a pobreza e a violência, que levaram ao encarceramento muitas mulheres — em especial as mulheres negras.

Ao longo dos anos, muitos ativistas do V-Day e do One Billion Rising somaram às suas atividades locais eventos e ações para apoiar mulheres presidiárias. Em 2015, o *The New York Times* publicou uma reportagem sobre uma apresentação realizada na Instituição Correcional Taconic, no estado de Nova York, na qual a produtora Elyse Sholk escreveu que o espetáculo "confirma a crença fundamental que nos inspirou a reunir esse elenco tão talentoso, para começo de conversa: ex-presidiárias, atrizes profissionais e ativistas são as pessoas mais indicadas para dedicar sua arte e seu ativismo para nos mostrar e nos lembrar que todas as mulheres presas merecem consideração".*

Enquanto a atuação do V-Day se expandia, Eve criou outros veículos para que indivíduos e comunidades pudessem debater questões relacionadas a gênero e violência. Em 2004, aconteceu em Los Angeles a primeira apresentação de *Os monólogos da vagina* com um elenco composto apenas por mulheres transgêneros. Durante a escolha de elenco, Eve escreveu um novo monólogo, "Arrancaram a menina do meu menino... ou tentaram". Hoje esse texto é parte do roteiro oficial das performances do V-Day e atraiu muitos participantes trans para as produções, inspirando o engajamento com outros monólogos e com várias etapas do processo de produção. Os recursos arrecadados pelos eventos foram doados a organizações relevantes, incluindo a Sociedade Intersexual da América do Norte; a ASTTeQ (sigla em francês de Ação para a Saúde de Travestis e Transexuais de Quebec); Organização de Lésbicas, Gays, Bissexuais e Trans Latinos(as) de Austin; Aliança de Atuação pelos Direitos dos Transgêneros de Indiana; Ativistas Trans da Louisiana; Grupo Metro do Guarda-

---

* Katie Booth, "Happy Birthday, Eve", *Women in the World*. Disponível em: <https://womenintheworld.com/2015/05/25/happy-birthday-eve-ensler/>.

-Chuva Trans; Associação de Gays, Lésbicas, Bissexuais e Transgêneros Suny de Potsdam; e centenas de outras. Em 2011, o V-Girls, uma rede mundial de meninas ativistas e defensoras, se revelou a partir da peça de Eve que se tornou um best-seller, *I Am an Emotional Creature: The Secret Life of Girls* [Eu sou uma criatura emocional: A vida secreta das garotas]. Guiados pelo ativismo jovem e pela visão e estratégia do Time V-Girls, outros grupos de meninas do mundo inteiro encenaram *Emotional Creature* e se dedicaram à criação de um currículo escolar envolvendo questões femininas, como imagem corporal e orientação sexual. Os encontros e eventos V-Girls realizados em cidades como Paris, Joanesburgo e Nova York inspiraram meninas a criar arte e se tornar ativas em suas comunidades.

Os homens fizeram parte do V-Day desde o começo, se envolvendo ativamente seja na produção, direção, arrecadação, divulgação, desenvolvimento de sites e design, seja na recepção e no apoio ao elenco. Depois de onze anos contando as histórias de mulheres através de *Os monólogos da vagina*, criando espaços seguros para que mulheres conheçam e muitas vezes compartilhem suas próprias histórias e, a partir daí, testemunhando a força irrefreável que se revela nas sobreviventes de violência sexual uma vez que se expressam, o V-Day reconheceu algo crucial. Uma etapa-chave do nosso trabalho precisava ser a criação de espaços similares onde homens pudessem se abrir, compartilhar e descarregar sentimentos sobre experiências em que foram vítimas e/ou agentes. O movimento lançou uma série de posts num blog — criado pelo escritor e ativista Mark Matousek, que se tornou o administrador da página — e apoiou workshops V-Men realizados pela A Call to Men, uma organização antiviolência que se dedica a explorar as questões relacionadas à masculinidade, para oferecer aos homens do movimento a oportunidade de refletir sobre a "Caixa do Homem",* na qual eles tantas vezes se sentem aprisionados, e oferecer apoio emocional uns aos outros para começar a participar do combate à violência contra a mulher. Homens produziram e subiram aos palcos para apresentações de *A Memory, a Monologue, a Rant, and a Prayer* e organizaram uma série de eventos chamados de Men Rising, vinculados ao projeto-mãe One Billion Rising. Homens organizaram, reuniram e mobilizaram outros homens a se unirem à luta pelo fim da violência contra as mulheres. Lançando mão de ferramentas como *The Man Prayer* [A oração do homem] — novo texto que Eve criou pensando na interpretação masculina —, o projeto One Billion Rising recebeu iniciativas revolucionárias e transformadoras, criadas e organizadas por homens, que também serviram de inspiração para que outros homens ao redor do mundo se tornassem parte dessa mudança radical da consciência a respeito de como mulheres e meninas são tratadas e vistas nas comunidades e no mundo. Ao longo dos anos, o V-Day também produziu uma série de painéis de discussão em que as vozes desses líderes ganharam destaque.

---

* Disponível em: <https://www.ted.com/talks/tony_porter_a_call_to_men>.

AMPLIFICANDO NOVAS VOZES

O movimento V-Day se expande de forma contínua, sempre refletindo os contextos e as discussões locais e globais que os ativistas criam em suas comunidades, amplificando assim suas vozes. Com o passar dos anos — especialmente depois de participar de produções de *Os monólogos da vagina* —, muitos ativistas novos e antigos passaram a desenvolver seus próprios trabalhos artísticos, o que levou novas vozes ao centro da conversa sobre a luta pelo fim da violência contra a mulher. O V-Day estimulou esses ativistas a fazerem a própria curadoria de histórias das suas comunidades e criarem novos caminhos para eventos artísticos que recebam a participação de escritores, ativistas e artistas locais.

Em 2017, como parte do trabalho conjunto do V-Day e One Billion Rising pelo fim da violência contra a mulher no ambiente de trabalho, o movimento encorajou seus ativistas a levarem para os palcos as vozes das mulheres que vivem e combatem a violência no ambiente de trabalho. Esses ativistas foram convidados a produzir *Os monólogos da vagina* e *A Memory, a Monologue, a Rant, and a Prayer* nos locais onde trabalhavam — em hospitais, fábricas ou escritórios —, levando, por meio das peças, um pedido de justiça, segurança e igualdade a esses lugares de violência e denunciando a impunidade por meio de uma produção artística radical em que as mulheres, em sua área, aparecessem em primeiro plano. Além disso, o grupo também convidou mulheres que enfrentam esse tipo de violência a escreverem depoimentos que depois foram encenados em produções comunitárias.

RESISTÊNCIA CRIATIVA

O movimento quebra tabus, expõe o problema da violência contra as mulheres e estimula a mudança. Embora o V-Day tenha enfrentado resistência ao longo dos anos, sempre escolhemos falar a verdade sobre a violência e a sexualidade feminina. Quando Eve Ensler começou a apresentar *Os monólogos da vagina*, até o ato de pronunciar a palavra *vagina* em voz alta era recebido com controvérsia e desconforto. Estações de rádio não permitiam que a palavra *vagina* fosse dita ao vivo. Emissoras de TV transmitiam vinhetas inteiras sobre a peça sem nenhuma menção à palavra, e jornais e revistas se esquivavam por meio de abreviações. Vinte anos depois, *Os monólogos da vagina* se tornou parte da cultura popular, e a palavra *vagina* é usada abertamente na televisão e no rádio e aparece em jornais e revistas no mundo inteiro. Com a palavra presente na mídia de massa, vemos que o V-Day foi um movimento catalisador que ajudou a mudar nossa cultura e a enfrentar os tabus, permitindo que mulheres que sofriam invisíveis, em silêncio, pudessem ser vistas.

Nas universidades e entre outros grupos, a resistência que o V-Day enfrentou ao longo dos anos ofereceu oportunidades únicas de transformar críticas em diálogos construtivos entre alunos, professores e membros da comunidade. Também ajudou a criar um ambiente em que convenções são questionadas, e, em muitos casos, os grupos acabam se unindo para apoiar uns aos outros em defesa de *Os monólogos da vagina*. Por meio de atos de resistência criativa, produções da peça e outras campanhas e atividades do V-Day, os ativistas lutaram por seu direito de expressão, por uma vida livre de violência e para expressar a ingerência das mulheres sobre seus corpos.

Em 2005, autoridades da Universidade de Notre Dame baniram a produção de *Os monólogos da vagina* do campus, numa decisão que despertou um amplo debate e teve como resultado um painel de discussão entre o corpo docente e Eve. No ano seguinte, o reitor da Notre Dame, o reverendo John I. Jenkins, anunciou que permitiria a produção, declarando que "a contextualização criativa de uma peça como *Os monólogos da vagina* pode trazer diferentes perspectivas sobre questões fundamentais para um diálogo construtivo e fértil com a tradição católica. É um bom modelo para o futuro".*

No mesmo período, o governo de Uganda proibiu uma produção da peça em Kampala, apesar do escrutínio da imprensa internacional. Em meio à discussão que se seguiu, os ativistas responsáveis pela controvérsia ainda conseguiram arrecadar 11 mil dólares para a Iniciativa de Paz das Mulheres de Lira e a Iniciativa de Paz das Mulheres de Kitgum, dois grupos locais que trabalham para proteger as mulheres do norte de Uganda.

Em 2006, o movimento mais uma vez se tornou alvo de polêmica quando o presidente do Providence College baniu a produção anual de *Os monólogos da vagina*. Centenas de pessoas protestaram, e organizadores do V-Day da região de Rhode Island (assim como muitos dos beneficiários do evento) ofereceram ajuda aos organizado-

---

* Margaret Fosmoe, "ND Discourse Ends: 'Monologues' Allowed," *South Bend Tribune*, 5 abr. 2006.

res da instituição para a produção de um evento fora do campus. Graças ao impressionante apoio da comunidade, a peça voltou a ser apresentada na faculdade e continua sendo realizada até hoje.

Agora, no cenário pós-eleição presidencial dos Estados Unidos e em meio ao mandato de Donald Trump, *Os monólogos da vagina* é mais atual do que nunca — e encontra o país e o mundo movimentados por discussões sobre consentimento, assédio sexual e abuso. A jornalista Sarah Rebell, que entrevistou ativistas do V-Day em estados republicanos e indecisos dos Estados Unidos, escreveu: "Muitos comentam que é empoderador ter n'*Os monólogos da vagina* um canal, um caminho para expressar sua revolta em relação à situação política atual. A peça também se tornou uma forma de as pessoas se conectarem a uma comunidade ampliada para promover empatia e inclusão numa época marcada pelo pessimismo e pela polarização".*

Despertando o interesse da mídia e dando origem a um diálogo mundial, os ativistas do V-Day abordam visões de oposição a seu trabalho e transformam polêmica em diálogo, num processo no qual todos alcançam uma compreensão mais profunda das experiências femininas de sexualidade e violência — o que representa justamente a mudança que o V-Day busca. Esses ativistas aprenderam a lutar pelo que mais querem.

---

* Sarah Rebell, "V-Day in TrumpLand: Exploring the Relevance of 'The Vagina Monologues'", *The Interval: The Smart Girls' Guide to Theatricality*, 13 fev. 2017. Disponível em: <http://www.theintervalny.com/features/2017/02/v-day-in-trumpland-exploring-the-relevance-of-the-vagina-monologues/>.

V AO DÉCIMO

Nos dias 11 e 12 de abril de 2008, o movimento celebrou seu décimo aniversário, batizado de V to the Tenth [V ao Décimo], em Nova Orleans, e decidiu dar destaque aos problemas enfrentados pela comunidade do Sul do Golfo logo após os furacões Katrina e Rita, que devastaram a região. Num fim de semana, o V-Day invadiu a Arena de Nova Orleans e o Superdome da Louisiana, que serviram de abrigos improvisados durante o furacão Katrina e acabaram se tornando símbolos da negligência em relação às classes mais pobres e à comunidade afro-americana. Mais de 30 mil pessoas compareceram aos eventos nos dois dias, e o V-Day transformou o Superdome em "SUPERLOVE", com debates, slams de poesia, performances, histórias e outras obras artísticas que exploravam os temas do meio ambiente, da falta de infraestrutura e da violência contra a mulher, sempre com uma visão interseccional. Milhares de pessoas vieram de outros estados e países para esses eventos, que reuniram mais de 125 palestrantes e quarenta celebridades, um coral de duzentas pessoas e mais de oitocentos voluntários.

O Projeto Mulheres da Costa Voltando para Casa, criado pelo V-Day, trouxe 1.200 mulheres desabrigadas pelos furacões para o fim de semana em Nova Orleans, oferecendo massagens, acesso a grupos de apoio, ioga, meditação e tratamentos estéticos. Como parte das atrações do SUPERLOVE, o V-Day apresentou a grande estreia de *Swimming Upstream* [Nadando contra a corrente], um texto escrito por quinze artistas de Nova Orleans em parceria com o Centro de Artes e Cultura Ashé. A peça conta, com elegância, revolta, humor e enorme resiliência, as histórias nuas e cruas de mulheres que sobreviveram ao furacão Katrina.

Uma performance beneficente de *Os monólogos da vagina* contou com a participação de Jane Fonda, Rosario Dawson, Kerry Washington, Ali Larter, Calpernia Addams, Lilia Aragón, Stéphanie Bataille, Jennifer Beals, Ilene Chaiken, Didi Conn, Lella Costa, Alexandra Hedison, Shirley Knight, Kristina Krepela, Christine Lahti, Liz Mikel, Doris Roberts, Daniela Sea, Amber Tamblyn, Leslie Townsend e Monique Wilson, além de performances musicais de Faith Hill, Jennifer Hudson, Peter Buffett, Charmaine Neville e as vozes do Coral Gospel de Nova Orleans.

O V-Day doou mais de 700 mil dólares para grupos regionais que dedicam seu trabalho ao combate da violência contra a mulher.

As comemorações do V ao Décimo foram um importante marco para o movimento V-Day, preparando o terreno para um foco duradouro nas sobreviventes da violência do Congo e para uma série de eventos, debates e ações envolvendo diversas formas de violência que as comunidades marginalizadas vivenciam — econômica, ambiental, racial. Foi esse trabalho que deu origem à campanha One Billion Rising, uma ação global anual que reivindica o fim de todas as formas de violência contra a mulher.

RISING: SAINDO DO TEATRO E INDO PARA AS RUAS

> Corpos que se movem de forma espontânea, mas não randômica, fazem parte de um diálogo global sobre a violência. E é dançando nos espaços selecionados pelos organizadores que

os membros dessa ascensão nos ensinam algumas coisas sobre a política interseccional no mundo inteiro. As pessoas — as mulheres — vivem de forma interseccional — em regiões em que o sexismo se sobrepõe à marginalidade econômica, racismo, degradação ambiental, homofobia, discriminação contra pessoas com deficiência, xenofobia e por aí vai. Essas pessoas nos mostram a face da interseccionalidade por meio dos desafios a que escolhem resistir. [Existem] milhares de ações que compõem o mapa global das formas com que a violência se multiplica nas interseções da vulnerabilidade. Dançar nesses espaços coloca essas vulnerabilidades em evidência e os transforma em espaços de resistência. É uma política de coalizão feita numa escala global.

Kimberlé Crenshaw, cofundadora do Fórum Político Afro-Americano, professora de direito da Ucla, diretora do Centro de Interseccionalidade e Estudos Políticos do departamento de Direito da Universidade Columbia e membro da diretoria do V-Day

Lançado no Dia dos Namorados de 2012, o projeto One Billion Rising começou como um chamado inspirado nos dados chocantes que afirmam que uma em cada três mulheres do planeta vai sofrer violência física ou abuso sexual ao longo da vida. Com a população mundial chegando a 7 bilhões, isso nos leva a mais de *1 bilhão* de mulheres e meninas.

No 15º aniversário do V-Day, em 14 de fevereiro de 2013, pessoas do mundo inteiro se reuniram para expressar sua indignação, lutar, dançar e se opor às injustiças que as mulheres sofrem, exigindo que a violência sexual e física chegue ao fim. Com o crescimento e o aprofundamento do projeto e das campanhas locais, o escopo de questões que movem o ativismo comunitário também cresceu. Os ativistas do One Billion Rising hoje buscam justiça diante das violências econômica, racial, de gênero; violência causada pela corrupção, ocupação e agressão; violência causada por desastres ambientais, mudanças climáticas e destruição do meio ambiente; violência que impacta as mulheres no contexto das guerras patrocinadas pelo governo, da militarização e do crescente desalojamento interno e internacional de milhões de pessoas, além da violência criada pela ganância capitalista.

Por meio do projeto One Billion Rising, os ativistas mobilizaram, engajaram e despertaram pessoas do mundo inteiro, tornando a violência contra a mulher uma questão humana global que não se restringe a um país, tribo, classe social ou religião. Revelaram que se trata de um acordo patriarcal que se faz presente em todas as culturas do mundo. Tornaram visíveis as conexões voláteis que existem entre a violência contra a mulher e a injustiça econômica, ambiental, racial e de gênero. Estabeleceram alianças novas e duradouras entre indivíduos e grupos já ativos, não só no movimento feminista, mas também em movimentos populares que trabalham em diferentes setores. E mostraram que não há nada mais poderoso que a solidariedade global, que nos traz uma segurança coletiva para que continuemos nos expressando e uma coragem ainda maior naquilo que queremos realizar.

O projeto também demonstrou o potencial da arte e da dança, e a surpreendente alquimia política que surge quando a arte e o ativismo acontecem ao mesmo tempo. A dança é uma das forças mais poderosas do universo, e por enquanto só começamos a compreender aonde pode nos levar. A luta da humanidade é a luta para retornar aos nossos corpos. Com trauma, crueldade, vergonha, opressão, violência, estupro e exclusão, a raça humana foi ferida, e fomos forçados a deixar nossos corpos. A crueldade, o estupro e a opressão se estenderam ao planeta, e as consequências são cada vez mais sombrias.

O ato da dança nos permite voltar aos nossos corpos, seja como indivíduos ou grupos. Nos permite ir além, incluir todo mundo e acessar uma energia revolucionária e poética que nos convida a sair da caixa do patriarcado, liberando um pouco mais da nossa sabedoria e do nosso amor-próprio. Nossa sexualidade, nossa compaixão, nossa ousadia. Dançar é desafiar. É alegria e fúria. É contagioso e livre e está fora do controle corporativo ou estatal. E só começamos essa dança.

A estrutura intencional do projeto One Billion Rising — baseada na ideia de "expandir sem rotular" — contribuiu para um engajamento massivo entre setores e redes que tradicionalmente trabalhavam separados, enquanto também criava uma plataforma para que todos pudessem reconhecer e celebrar o incrível trabalho que já é realizado em campo por esses grupos que lutam para acabar com a violência de gênero. Em muitos sentidos, o projeto é uma energia que se moveu por vários países, uma decisão tomada em conjunto por ativistas e adaptada para cada cultura e lugar. De uniões, trabalhadores estrangeiros e professores a líderes religiosos, atores e jovens, a campanha inspirou um sem-número de pessoas a ir para as ruas. Os ativistas conseguiram pôr em evidência a sobreposição de problemas que ao mesmo tempo causam e agravam a violência contra a mulher.

Os ativistas do projeto apoiaram e participaram das ações de Say Her Name [Diga o nome dela] — que luta contra o silenciamento da violência sofrida por mulheres afro-americanas — e reivindicaram um movimento inclusivo para combater a violência governamental e elevar as histórias de mulheres negras. Por meio da proposta Artistic Uprising [Ascensão artística], muitos participantes produzem eventos artísticos e políticos — em cidades dos Estados Unidos e do mundo — dedicados à resistência criativa, ao lugar de fala e ao poder que a arte tem de conquistar um amplo apoio para a transformação cultural.

Grupos que são tradicionalmente marginalizados — população indígena, LGBTQ+, pessoas com deficiência, migrantes e mulheres no sistema carcerário — são o foco da campanha em muitas comunidades. O projeto One Billion Rising criou uma fortaleza de solidariedade global, que atravessou fronteiras, raças, religiões, orientações sexuais, faixas etárias, gêneros e níveis de habilidade. A iniciativa também reacendeu a solidariedade entre as organizações femininas em vários países e trouxe de volta o conceito de uma irmandade entre mulheres em escala global.

O projeto One Billion Rising mostrou o que é um movimento de solidariedade global — são pessoas que se unem em nome de uma visão única mas compartilhada local e mundialmente. Um exemplo simples é o recente esforço da Luta das Mulheres Trabalhadoras, um chamado pela ampliação da solidariedade entre mulheres trabalhadoras, pelo fim da violência e do assédio no ambiente de trabalho, por igualdade salarial, licença maternidade e direitos trabalhistas.

Com o projeto sendo acolhido tanto por ativistas veteranos quanto iniciantes, o V-Day conseguiu ampliar seu trabalho no tecido das comunidades, ajudando a criar um caminho para que os grupos possam se unir e levar o V-Day a um novo degrau em sua evolução como um movimento comunitário global.

Tudo começou com uma série de monólogos incríveis, mas se tornou um movimento global feito com energia e determinação, que cruzou continentes para exigir uma só coisa: a libertação de todas as nossas irmãs. Com o V-Day inaugurando seu vigésimo ano, nós continuamos na busca por um mundo em que mulheres e meninas possam prosperar, e não só sobreviver. Convidamos você a participar.

Declaração da missão do V-Day

O V-Day é uma resposta organizada diante da violência contra a mulher.

O V-Day é uma visão: visualizamos um mundo em que mulheres possam viver de forma livre e segura.

O V-Day é uma reivindicação: o estupro, o incesto, o espancamento, a mutilação genital e a escravidão sexual precisam acabar agora.

O V-Day é um espírito: acreditamos que as mulheres devem passar suas vidas criando e prosperando, e não sobrevivendo e se recuperando de atos de crueldade.

O V-Day é um catalisador: arrecadando dinheiro e promovendo a conscientização, unificando e fortalecendo outros projetos antiviolência. Despertando um engajamento amplo, abre caminho para novos projetos educacionais, protetivos e legislativos ao redor do mundo.

O V-Day é um processo: vamos trabalhar até quando for necessário. Não vamos parar enquanto a violência não acabar.

O V-Day é um dia: elegemos o Dia dos Namorados nos Estados Unidos, 14 de fevereiro, como V-Day para celebrar as mulheres e lutar contra a violência.

O V-Day é uma comunidade e um movimento corajoso, livre e irrefreável. Faça parte!

Os dez princípios da Cidade da Alegria

Como todas as comunidades, a Cidade da Alegria tem sua própria cultura. E essa cultura é baseada no amor e no respeito que temos uns pelos outros, além das experiências únicas que cada mulher traz consigo.

1. Fale a verdade.
2. Não espere o resgate; tome a iniciativa.
3. Conheça seus direitos.
4. Eleve a voz.
5. Compartilhe o que aprendeu.
6. Ofereça o que você mais quer receber.
7. Encare e fale a verdade sobre o que você enfrentou.
8. Use essas experiências para fazer uma revolução.
9. Pratique a generosidade.
10. Encare a vida da sua irmã como se fosse a sua.

Para mais informações, visite:
vday.org
onebillionrising.org
cityofjoycongo.org
facebook.com/vday
Twitter: @Vday
Instagram: @vdayorg

Posfácio

Monique Wilson, diretora do One Billion Rising

Em 14 de fevereiro de 2013, me vi de frente a uma aglomeração de milhares de pessoas em Manila, todas dançando pelo projeto One Billion Rising. Enquanto, do palco, olhava para longe, não pude evitar e pensei na peça, no movimento e em tudo que tinha me levado até aquele momento. Mulheres líderes de suas comunidades e grupos, trabalhadoras, famílias de imigrantes, professoras, mulheres pobres moradoras das cidades, mulheres de comunidades marginalizadas, mulheres indígenas, irmãs muçulmanas, membros da comunidade LGBTQI, todos dançavam de forma tão corajosa e apaixonada em prol da libertação da violência e da pobreza. Essas pessoas me comoveram.

Também fiquei comovida porque sabia que nas Filipinas — e em mais de duzentos outros países — havia ações igualmente incríveis acontecendo naquele dia. Fiquei comovida porque voltei no tempo, treze anos antes, quando, ao lado de outras ativistas, levei *Os monólogos da vagina* e o movimento V-Day para as Filipinas pela primeira vez. As memórias, dificuldades, vitórias, jornadas — tanto políticas quanto pessoais — voltaram de uma vez só. Em imagens parecidas com uma miríade de cores luminosas, vi cada passo da nossa jornada nos atos de rebeldia, coragem, generosidade e amor umas pelas outras e por nosso país, assim como na alegria dessas mulheres e na insistência de ter esperança. Cada vitória, cada desafio, cada vez que aprofundamos nosso amor e nossa irmandade — girando em cores radiantes que iluminavam uma jornada incrível — nos levaram a esse momento.

Depois de fazer teatro desde os nove anos de idade e de criar uma companhia de teatro político feminista aos 24, em 2000 produzi *Os monólogos da vagina*, de Eve Ensler, nas Filipinas, em Hong Kong, Singapura e no Japão, porque acredito que o teatro não deve só entreter, mas também despertar, provocar, inspirar, educar e transformar. Mesmo lá no início eu já sentia que não podíamos apresentar a peça simplesmente como artistas, que precisávamos nos unir ao movimento das mulheres, aos grupos de mulheres da comunidade, e contextualizar a peça para a população das Filipinas e para nossos grupos de cidadãos imigrantes, ampliando sua conexão e significado. Convidei as mulheres do Gabriela — uma aliança nacional entre duzentos grupos de mulheres e o movimento comunitário feminino com maior poder político em sua militância anti-imperialista nas Filipinas — para serem nossas parceiras na concepção da peça nas Filipinas e em toda Ásia. Por muitos anos eu tinha lutado para encontrar uma forma de unir minha arte e meu ativismo, mas *Os monólogos da vagina* e o V-Day chegaram e basicamente mudaram minha vida.

Quando *Os monólogos da vagina* estreou nas Filipinas, um estranho fenômeno começou a se revelar. O povo filipino foi receptivo e aberto, apesar de viver consumido por uma sociedade patriarcal dominadora, marcada por barreiras religiosas e culturais. Não demorou para que mudanças políticas e sociais começassem a aparecer.

No início das nossas apresentações de *Os monólogos da vagina* — *Usaping Puki*, em filipino —, quinze anos atrás, em cidades e aldeias espalhadas pelo país e nas comunidades de imigrantes filipinos em outros países, a reação do público foi diversa e inesperada. Pessoas de todas as idades, classes sociais, históricos econômicos e educacionais e religiões assistiam à peça e discutiam intensamente seu conteúdo. Não importava se o espaço era um teatro, um estádio, uma sala de reuniões, uma sala de aula, um campo ou um parque — havia uma consistência nas reações. Afinal de contas, na cultura filipina, não era todo dia que a palavra *vagina*, o empoderamento feminino e os direitos das mulheres — ou mesmo os desejos das mulheres — vinham à tona. No momento da estreia da peça, as mulheres das Filipinas não tinham nem leis que as protegessem contra o tráfico sexual, a violência doméstica ou o estupro dentro do casamento. Hoje em dia, por sermos um dos maiores países católicos do mundo, os direitos reprodutivos ainda são uma luta em andamento, e o divórcio não existe. Não eram apenas o tom profundamente humano, o humor e a crueza da peça que pareciam ao mesmo tempo divertir e deprimir as mulheres das Filipinas, acho que o que mais as perturbou foram as perguntas que a peça lhes propôs; perguntas sobre o valor das mulheres, a desigualdade entre homens e mulheres na nossa cultura, sistema e direitos, e o silêncio profundamente enraizado que cercava as questões de violência, justiça e empoderamento — um silêncio que a peça quebrava.

Nas performances, era visível que uma energia diferente começava a surgir. *Os monólogos da vagina* introduziu algo novo em nosso país predominantemente conservador. O primeiro presente que a peça nos deu foi a linguagem da verdade — a linguagem das realidades expostas que se refletiam nas narrativas. Talvez porque séculos de corrupção trazida pela colonização ocidental tenham permeado o estilo de vida filipino, o povo havia se acostumado a mascarar a verdade, e nunca mostrá-la.

A peça emocionou, impactou, despertou e perturbou, especialmente porque foi encenada para um público cuja norma cultural era não falar abertamente sobre a sexualidade. Para muitas mulheres filipinas, a peça se tornou uma poética de consciência, desejo, verdade e empoderamento. Para nós, a peça despertou experiências literais e metafóricas. Também percebemos, no papel de realizadores das artes cênicas e de ativistas políticas, que as histórias contidas n'*Os monólogos* — embora não tratem das Filipinas de forma específica — eram universalmente compreendidas, o que permitia que a peça fosse recebida de um jeito único em cada comunidade, independente de seus contextos culturais, religiosos e políticos específicos. Essa percepção abriu caminho para um profundo processo de despertar pessoal, que levou a uma transformação na sociedade e no país.

Para nós, das Filipinas, a palavra *vagina* se tornou uma fonte de poder, porque nunca havia sido falada com tanta liberdade, com tanto orgulho, especialmente em meio a ensinamentos religiosos que continuam reforçando estruturas patriarcais criadas para silenciar mulheres e negar seu poder e seus direitos sexuais. No idioma filipino não existe palavra equivalente a *vagina* no sentido biológico, só existe um termo depreciativo. Quando você não tem um nome para sua vagina, como pode falar sobre ter sido estuprada, vendida, ter sido vítima de incesto ou escravidão sexual? Negando de forma contínua o acesso das mulheres a suas vozes e a seus corpos, perpetuamos a opressão e a humilhação. Nesse cenário, a peça trouxe um verdadeiro empoderamento às mulheres que tiveram acesso negado a seus direitos mais básicos.

A peça quebrou barreiras graças as histórias que celebram as mulheres por seus desejos, suas exigências e suas necessidades, sem nunca classificá-las pela classe social, religião, identidade ou raça. A cultura universal do silêncio estava ameaçada.

Em fevereiro de 2001, do lado de fora do teatro onde a peça estava sendo apresentada em Manila, nossas parceiras do Gabriela organizaram manifestações nacionais pedindo a renúncia do presidente Joseph Estrada. Em seu discurso oficial anual, realizado alguns meses antes, ele não havia sequer mencionado os problemas enfrentados pelas mulheres filipinas, uma lista em que incesto, violência doméstica, espancamento, tráfico sexual e estupro são os mais comuns. O grupo Gabriela passou a incluir informações sobre seu trabalho nos materiais de divulgação da peça, e mesas de atendimento foram instaladas no lobby do teatro, para que mulheres em qualquer situação de abuso pudessem buscar aconselhamento e informação após o espetáculo. Também nos levaram para conhecer de perto as comunidades locais.

A parceria com o movimento comunitário nos ajudou a ver a situação dessas mulheres sob uma lente que analisa a violência contra a mulher por meio de uma perspectiva sociopolítica. A fundadora do Gabriela e uma das líderes feministas nacionais, madre Mary John Mananzan, da ordem Beneditina, descreve a "questão da mulher" nas Filipinas como o "fenômeno da discriminação, subordinação, exploração e opressão contra mulheres". Ela fala do feminismo no contexto das Filipinas não só como "um entendimento da questão da mulher" mas também como "um trabalho em prol de uma mudança sistemática, uma mudança de perspectiva, uma mudança estrutural e uma mudança de valores no sentido mais amplo e inclusivo possível".* Então, para nós, das Filipinas, *Os monólogos da vagina* contribuiu não só para a compreensão e a conscientização da "questão da mulher", mas também para um compromisso com a superação de todas as formas de violência contra a mulher em nossa sociedade.

---

* Mary John Mananzan. *The Woman Question in the Philippines*. Manila: Institute of Women's Studies, 1997, pp. 33-4.

Para muitas pessoas, o contato com as histórias nunca antes contadas de abuso e desigualdade presentes na peça reforçou uma necessidade de assumir a responsabilidade por seus próprios papéis no ciclo de violência — como vítimas e sobreviventes, testemunhas ou agentes. É nesse ponto que a inclusão da perspectiva da "questão da mulher" tornou e continua tornando Os monólogos da vagina uma peça muito relevante nas Filipinas. Por meio da peça, o teatro se mostrou e continua sendo uma mídia importante na missão de ampliar a visão e o trabalho do movimento das mulheres, e também se tornou uma ferramenta importante para gerar a conscientização e as arrecadações que possibilitem a realização de ações radicais e transformadoras.

Produzindo a peça e organizando eventos do V-Day em todas as regiões das Filipinas, de Hong Kong, Singapura e do Japão nos anos que se seguiram, continuamos, a cada produção, colocando nossas lutas políticas em primeiro plano: o combate ao tráfico sexual, a justiça para as mulheres de conforto (as primeiras escravas sexuais da Segunda Guerra Mundial), a militarização, as questões dos cidadãos migrantes e muitas outras. Em parceria com o Gabriela, usamos a peça não só para empoderar mulheres, mas também para posicionar as histórias da peça no contexto das nossas próprias lutas enquanto mulheres do sul da Ásia, subjugadas e exploradas há muitas décadas tanto pelos governos ocidentais quanto por nossos próprios governantes. A peça se tornou uma importante ferramenta de militância para gerar conscientização sobre a violência contra a mulher e as políticas nacionais e internacionais que mantêm essa violência.

Nossa jornada também foi marcada por desafios. No começo, os jornais e revistas se recusavam a imprimir a palavra *vagina*, e programas de TV e rádio não permitiam que disséssemos a palavra para promover o espetáculo — o que era um problema sério, considerando o título da peça. Nenhuma marca queria nos patrocinar. A Igreja católica deixou clara sua oposição às nossas produções, e num país em que líderes da militância política são arbitrariamente detidos, perseguidos e torturados, sempre houve um risco imenso. Mas o poder da peça atraiu o público, e nossa convicção na fusão da peça com o movimento trouxe uma nova plataforma para que as mulheres das comunidades falassem mais alto.

Minha própria educação política e social se ampliou na jornada do V-Day em parceria com o Gabriela. Nosso caminho me expôs a todas as formas de violência que nós, mulheres, enfrentamos nos âmbitos cultural, físico, político e econômico. Levou-me às comunidades mais pobres e marginalizadas das Filipinas para apresentar a peça, num processo que elevou minha consciência política dia após dia.

Desses dezessete anos apresentando a peça, são muitos os momentos que me vêm à memória. Em 2000, fui convidada para o Tribunal Internacional de Crimes de Guerra Contra a Mulher dedicado aos casos de escravidão sexual no Exército do Japão para apresentar "Fale". Encenar esse texto diante de 250 ex-mulheres de conforto de toda a Ásia era uma honra enorme, mas também era assustador. Como eu poderia fazer um monólogo sobre a forma específica de estupro que as mulheres sentadas à minha frente tinham sofrido diariamente por anos durante a Segunda Guerra Mundial — crimes pelos quais nunca receberam justiça? Como eu faria jus às histórias das mulheres de conforto das quais o texto falava? Para mim, esse foi um momento decisivo — foi quando compreendi que esse não era só um monólogo, só uma peça, mas também um poderoso catalisador de conscientização e justiça.

Outra lembrança é de ter apresentado esse mesmo monólogo em 2001 na primeira convenção da Liga Internacional de Luta dos Povos (cuja sigla em inglês é Ilps), em Utrecht, na Holanda, na qual grupos populares anti-imperialistas e militantes radicais do mundo inteiro estavam reunidos para criar e planejar a autorização oficial da Ilps. Trabalhadores, imigrantes e algumas das comunidades marginalizadas presentes me pediram para apresentar a peça porque, segundo eles, o texto nos unia como um só povo, conectando nossas histórias e lutas e reforçando os meios pelos quais o imperialismo fomenta e agrava a violência contra a mulher.

Em 2002, depois que Eve Ensler se apresentou em nosso evento do V-Day em Manila diante de 6 mil pessoas, mulheres congressistas — lideradas pela antiga secretária geral do Gabriela, Liza Maza — nos convidaram para apresentar a peça no Congresso e no Senado das Filipinas. O objetivo era instruir os congressistas homens a respeito de projetos de lei relacionados à violência doméstica e tráfico sexual que continuavam arquivados havia quase dez anos. Não muito depois, as leis foram aprovadas. De acordo com os congressistas, ouvir as experiências reais de mulheres vítimas de violência era diferente de ler as estatísticas de violência contra mulheres. A peça tornou as experiências mais reais e tangíveis, estimulando-os a tomar uma atitude urgente a respeito do que tinham ouvido.

Em 2003, nos apresentamos no acampamento das Forças Armadas das Filipinas — frente a frente com o monstro — para tratar das questões do militarismo e da violência estimulada pelo governo. Pedimos para que todos os soldados, os generais e suas esposas assistissem. Nunca vou me esquecer de ver Lola Narcisa — uma de nossas ex-mulheres de conforto, rodeada por uma centena de artistas e ativistas das Filipinas — fazendo um discurso enérgico e emocionado sobre o abuso contínuo que as mulheres sofreram nas mãos de homens poderosos e uniformizados. Na plateia, os membros do Exército pareciam atordoados, talvez ouvindo pela primeira vez o que a violência pode fazer com uma mulher. Tão importante quanto assistir a isso foi ver uma comunidade de mulheres em cima do palco, em solidariedade a Lola Narcisa.

Em Hong Kong, Singapura, no Japão e em Londres, onde apresentamos a peça para mulheres imigrantes, era possível ouvir o choro da plateia, e as mulheres, em sua maior parte trabalhadoras domésticas, compartilhavam suas histórias após a apresentação, porque sentiam uma abertura para falar sobre suas experiências de abuso. Hoje, nessas comunidades, não são mais as artistas que apresentam a peça, mas as próprias trabalhadoras domésticas, que usam a encenação para discutir questões como o trabalho forçado, a exploração, o abuso e a escravidão moderna.

Em 2006, no julgamento pelo estupro de "Nicole", uma mulher filipina, por Daniel Smith, um militar norte-

-americano, enquanto o veredicto de culpado era lido, o oficial de Justiça mencionou várias vezes a palavra *vagina* como representação da fonte de humanidade e dignidade que havia sido profanada. Uma senadora filipina que certa vez havia me questionado por realizar uma peça que ela considerava "vulgar" se sentou ao meu lado no tribunal e me agradeceu por ter levado a peça ao país. Disse que nunca tinha pensado que, na história do nosso país predominantemente católico, chegaria um momento em que vaginas, e a violência que sofrem, seriam discutidas de forma tão aberta no tribunal. Disse que ouvir sobre a mutilação e a laceração sofridas pela vagina da menina durante o estupro ajudava a conferir peso e seriedade ao caso. Disse também que era a primeira vez que a palavra era mencionada em qualquer tribunal, e que a peça havia ajudado a moldar a consciência nacional para desvincular a vergonha e o estigma associados ao uso da palavra.

Atualmente, a peça está sendo apresentada por jovens sobreviventes do tufão Hayan na cidade de Tacloban, e novas produções são planejadas por mulheres indígenas, mulheres urbanas pobres, trabalhadoras rurais, profissionais do sexo e professoras vítimas do tráfico de pessoas, sempre para escancarar as diferentes formas de abuso econômico, físico e sexual que sofrem.

Esses são só alguns destaques de uma incrível jornada de dezessete anos com a peça, o que naturalmente levou a um outro nível do nosso ativismo: One Billion Rising, um movimento que amplia nossa luta para acabar com a violência contra mulheres e meninas. One Billion Rising é o filho rebelde de *Os monólogos da vagina* e do V-Day. O movimento usa arte e ativismo não só para despertar, educar e inspirar, mas também para provocar, resistir e perturbar. Promove a união das lutas interconectadas das questões raciais, econômicas, ambientais, de classe e de guerra sob a lente da "solidariedade" e "exploração" e a ótica da transformação revolucionária.

Hoje, *Os monólogos da vagina* não só continua sendo apresentado nas grandes cidades e universidades nas Filipinas, mas também nas comunidades de imigrantes e trabalhadoras domésticas filipinas ao redor do mundo; e está completamente integrado às nossas ações. A vagina como metáfora e ao mesmo tempo tema, a exploração da "questão da mulher" e a necessidade de lançarmos mão de um ponto de vista específico e imperativo para moldar a transformação são os pontos que conectam a peça e o V-Day ao projeto One Billion Rising, dando continuidade a essa relação com o movimento das mulheres.

Para a população das Filipinas, *Os monólogos da vagina* desafiou e mudou a ordem simbólica profundamente patriarcal da nossa sociedade. Para nós, filipinos, e no nosso trabalho dentro do movimento das mulheres, não há dúvida de que a peça desafia todas as estruturas políticas e sociais que negam às mulheres o acesso a seus desejos, sejam eles sexuais, emocionais, intelectuais, físicos, econômicos, religiosos ou culturais. A peça, assim como os movimentos que gerou, questionaram séculos de opressão e nos permitiram discutir e desafiar ideologias sociais e políticas profundamente enraizadas.

Nas Filipinas, a peça se transformou na linguagem da resistência, da libertação e da expressão — e, por meio dela, conseguimos conectar as diferenças e semelhanças de nossas experiências compartilhadas, articulando essas experiências nos contextos de nossas culturas, histórias e tradições. Depois de séculos de uma colonização ocidental arraigada, a peça nos deu o poder de nunca mais negar a nós mesmas a linguagem dos desejos, aspirações, sonhos, revolta, raiva, luxúria, amor, prazer e sexualidade. Nunca mais vamos permitir a repressão da linguagem revolucionária dos nossos corpos. Usamos e continuamos usando a peça para a transformação social e a libertação, e trata-se de uma ferramenta essencial para o trabalho de nossos movimentos populares. A peça, com sua relação profunda com os movimentos comunitários, eleva, possibilita e alimenta o trabalho duro e diário do combate à violência.

Crescer artística e politicamente graças à peça *Os monólogos da vagina* e ao V-Day foi como alcançar uma consciência brilhante de despertar e de empoderamento, foi como me elevar aos domínios transformadores da esperança e da possibilidade. A experiência de ser acordada de um sono profundo pela peça — e logo depois lançada a uma certeza tão intensa do poder das mulheres, das pessoas e do mundo, por conta dos movimentos que gerou — fez com que eu, artista, me tornasse ativista política. Só a forma mais elevada de arte pode insistir que nós não apenas possamos descobrir nossas realidades como também transformá-las para além do que somos estimulados e condicionados a aceitar.

Para mim e para o povo das Filipinas, *Os monólogos da vagina* foi o catalisador, a raiz e o elixir para a linguagem política e revolucionária do corpo. De cima do palco, a peça continua a nos trazer duras verdades que penetram e se cristalizam em cada célula de nossos seres, nos chamando para viver em busca do que merecemos e alcançar a verdade do nosso valor como mulheres. Foi o que fez por mim, e o que vi acontecer com tantas das minhas irmãs, não só aqui, mas no mundo todo. A peça nos lembra de colocar nossa própria dignidade e nosso próprio valor em primeiro plano, e nos leva a confiar na profundidade de quem somos e de quem merecemos ser — não só como indivíduos, mas como uma comunidade. O projeto One Billion Rising é o próximo portal poderoso de transformação que se originou na peça e nos estimula a ir além, a sermos mais corajosas, mais fortes e mais escandalosas juntas do que jamais fomos. Essa alquimia de arte, corpo e revolução nos empurra para a mais pura personificação e celebração do ato mais revolucionário de todos: o de viver plenamente em nossos corpos. E, por meio de nossos corpos, permitir que sejamos arrebatadas, vivas e conscientes, pela rebelião criativa, pela resistência e pela ruptura, para que assim possamos nos ELEVAR e continuar nos ELEVANDO em direção a atos radicais de colaboração e amor.

Agradecimentos à edição do 20º aniversário

CHARLOTTE SHEEDY, PELA PROFUNDIDADE de sua sabedoria, bondade e generosidade, e por me acompanhar nessa jornada por mais de quarenta anos.

Jaqueline Woodson, por um preâmbulo tão bonito e generoso.

Monique Wilson, pela seriedade de seu comprometimento com a peça e o movimento, por sua amizade tão necessária e seu coração enorme, e por seu posfácio maravilhoso.

Susan Celia Swan, por vinte anos de dedicação, genialidade e comprometimento, e por escrever a história do V-Day de uma forma tão poderosa nesta edição.

Purva Panday Cullman, por sua devoção única a essa peça e a esse movimento, e por suas palavras e *insights* incríveis.

Kimberlé Crenshaw e Johann Hari, por suas mentes brilhantes.

Colleen Carroll e Anju Kasturiraj, pelo trabalho incrível nesta edição.

Tony Montenieri, por simplesmente tornar tudo possível com seu coração de ouro e imenso talento.

Emily Hartley, por tornar esta edição possível, com tranquilidade, sabedoria e entusiasmo.

Este livro foi composto na fonte Fairfield e impresso em papel pólen 70 g/m , na gráfica stamppa. Rio de Janeiro, junho de 2018.